Ecritures arabes

collection dirigée par Marc Gontard

Collection *Ecritures arabes*

N° 1 Baroudi Abdallah, *Poèmes sur les âmes mortes.*
N° 2 Accad Evelyne, *L'Excisée.*
N° 3 Zrika Abdallah, *Rires de l'arbre à palabre.* Poèmes.
N° 4 *La Parole confisquée.* Textes, dessins, peintures de prisonniers politiques marocains.
N° 5 Aba Noureddine, *L'Annonce faite à Marco* ou *A l'aube et sans couronne.* Théâtre.
Aba Noureddine, *C'était hier Sabra et Chatila.*
N° 6 Amrouche Jean, *Cendres.* Poèmes.
N° 7 Amrouche Jean, *Etoile secrète.*
N° 8 Souhel Dib, *Moi, ton enfant Ephraïm.*
N° 9 Ben Myriam, *Sur le chemin de nos pas.* Poèmes.
N° 10 Touati Fettouma, *Le printemps désespéré.*
N° 11 Aba Noureddine, *Mouette ma mouette.* Poèmes.
N° 12 Belhriti Mohammed Alaoui, *Ruines d'un fusil orphelin.* Poèmes, suivi de *L'Epreuve d'être.* Pamphlet.
N° 13 Bensoussan Albert, *L'Echelle de Mesrod.* Récit.
N° 14 Morsy Zaghloul, *Gués du temps.* Poèmes.
N° 15 Belamri Rabah, *Le Galet et l'Hirondelle.* Poèmes.
N° 16 Bekri Tahar, *Le chant du roi errant.* Poèmes.
N° 17 Houari Leïla, *Zeida de nulle part.*
N° 18 Laabi Abdellatif, *Discours sur la colline arabe.*
N° 19 Berezak Fatiha, *Le regard aquarel.*
N° 20 Amrouche Jean, *Chants berbères de Kabylie.*
N° 21 Kalouaz Ahmed, *Point kilométrique 190.* Roman.
N° 22 Saoudi Fathia, *L'oubli rebelle. Beyrouth 82.* Journal.
N° 23 Ben Myriam, *Sabrina, ils t'ont volé ta vie.* Roman.
N° 24 Raith Mustapha, *Palpitations intra-muros.* Roman.
N° 25 Yacine Jean-Luc, *L'escargot.* Roman.

Jean-Luc Yacine

L'escargot

Roman

Editions L'Harmattan
5-7, rue de l'Ecole-Polytechnique
75005 Paris

Collection *Ecritures arabes*

Cette collection se propose d'accueillir des textes arabes de langue française, qu'ils viennent du Maghreb ou du Machrek, ainsi que des textes traduits de l'arabe.

Il s'agit, avant tout, de donner aux jeunes auteurs la possibilité de s'exprimer en contournant le pouvoir des groupes d'édition pour lesquels compte surtout l'impact commercial du texte littéraire.

Dans cet esprit, nous nous attacherons à découvrir de nouvelles écritures, romanesques ou poétiques, de nouveaux modes d'expression capables d'ébranler les formes sclérosées du discours littéraire dominant.

Aux auteurs plus connus ou déjà célèbres, nous donnerons la place qui leur revient dans la mesure où leur renom reste étranger à toute application de recettes à succès, sommaires et démagogiques.

Nous nous efforcerons enfin de faire entendre toute voix capable de transmettre une parole, une expérience, un vécu dont la force émotive excède l'écriture elle-même.

Marc Gontard

ISBN : 2-85802-729-3

A MARIE-CLAIRE
ET A BENOIT

« Cependant des hommes travaillaient à la chaîne. Cependant des policiers marchaient dans les rues, des hommes mouraient en Chine de mort violente, dans la Haute-Volta, le travail forcé abattait les Noirs comme une épidémie. »

Paul Nizan,
Aden-Arabie

PREMIÈRE PARTIE

Chapitre premier

Ici le ciel bleu avait valeur de conte. Seulement un horizon crémeux qui profitait de la chromatique sulfurée de rejets chimiques. Il avait fallu à Amar pousser là-dedans. Sous les rayons d'une lumière laiteuse. Pas loin de là, une monstrueuse usine glapissait à n'en plus finir. Cette insatiable goulue de chaire fraîche puisait son lot de victimes dans ce que finalement on pouvait appeler un vivier. En vrai, une désagréable enfilade de baraquements sortis tout droit d'un roman de Zola.

Amar portait sur son visage émacié les stances de cette vie marquée du chuintement des sirènes et des nuits sans sommeil. Les chandelles démoniaques de cette fournaise agaçaient la feutrine des rideaux tirés, imaginant les nuits comme d'infernaux festins.

Il émergeait de cette géhenne des tons sensationnels, des forges et des fours jaillissaient les cris des aciers blanchis. Malgré cela, il aurait vraiment fallu qu'Amar soit devenu fou pour qu'il puisse aimer un tant soit peu cet endroit. Il le détestait lui et tout ce qui s'y rattachait. Dans cet univers déserté par la nature où nul arbre ne devait plus apparaître, ses parents avaient assemblé un édifice fait de bric et de broc en bordure du bidonville ; naissance malsaine qui usait ses plaies urbaines autour d'un boyau central. Espace réservé !

Au beau milieu de la future rocade. Ils y vivaient comme les Sioux aux Etats-Unis. En cage ! Avec ses sœurs et ses frères, qui avaient permis sa réforme du service militaire pour cause de famille à soutenir. Cette affaire du service national ! La nationalité ! Serait-elle française ou bien algérienne ?

Il était né dans une poubelle, ne connaissant de sa patrie que les douleurs de son père qui n'avait pas la même. La question du chef de famille ! Une certaine morale qu'ils entretenaient. L'honneur du nom ! Mais avec son père et sa pleurite qui refusait de cicatriser, mal à l'aise aux assurances sociales et les indemnités journalières qui lui polluaient sa soupe, ils subissaient avec honte leur mauvaise fortune.

Amar se devait d'effacer tout cela ! Il s'en convainquait. A l'école ça n'avait pas été fameux. « Des dispositions, mais paresseux » : C'était l'épitaphe de sa scolarité. Le temps de comprendre et l'âge du pardon scolaire s'étaient évanouis en classe pourrissoir à traîner du côté des barrières.

La morgue des professeurs, la vanité des conseils de parents-enseignants et l'inutilité des associations humanitaires, enfin toutes ces illusions sans prise sur l'essentiel, définitivement l'avaient dégoûté. Le monde postillonnait et son père se courbait, se flétrissait...

Chapitre II

L'employée de la bibliothèque de prêt des cheminots pliait et dépliait tranquillement ses longues jambes. Sur ses traits détendus une certaine délectation. Une forte odeur d'encaustique emplissait la pièce ruisselante de soleil. Le parquet parlait son plaisir embaumé au jeune homme courbé sur sa lecture. A deux dans cette longue salle ! Le moindre frottement de chaussures prenait des airs de cataclysme.

Amar s'attardait sur le *Christ recrucifié* de Nikos Kazantzaki. Des heures plongé parmi les oliviers dans une luminosité radieuse. La défonce des pâtres à la sensualité virile. Force primitive ! Enfoui dans sa lecture, totalement absorbé par la magie des lieux, baigné de soleil il se sentait bien. Et puis cette femme qu'il devinait ; corrélant son texte à la moiteur des cuisses entrevues.

Lorsqu'elle vint lui tapoter gentiment l'épaule, son visage s'empourpra.

— Nous fermons ! Monsieur, c'est l'heure ! Revenez demain.

Elle le fixait dans une espèce de sourire suave. Affolé, il rangea l'ouvrage, s'excusant mille fois.

Dehors, se remettant de l'émotion, il s'aperçut qu'il omettait l'essentiel. Ses documents sur la guerre d'Algérie. Son père les commentait, lui se cultivait. A eux seuls ils ne pouvaient prétendre détenir la réalité. Avec boulimie ils se nourrissaient d'éléments supplémentaires pour mieux saisir leur destinée.

Mais sa passion du livre, comme un brûlot ardent, une nouvelle fois l'avait égaré. Le laissant pantois devant les rayons bourrés à la gueule. Il aimait y fouiller. Toutes ces panses ventrues craquelantes aux gouttières. Tous ces titres mirifiques, couvrant les mystères de la planète et des étoiles. Les auteurs ! Noms sublimes ; témoins d'une histoire fabuleuse, sulfureuse, douteuse ; parfois anodine, anonyme. Quel plaisir ! Toucher, feuilleter la tranche noircie par d'autres mains avides, épaissie. Humer le creux du livre ouvert, offert ! Parfum des pâtes à papier ! Toute cette culture, à lui. A l'œil ! Aux mains ! A l'esprit ! Tout se ferait là, pensait-il. Dans les livres, la liberté. Quelle ivresse !

Il faisait ainsi le tour des bibliothèques de la ville. Empruntant dans plusieurs à la fois. Dans celle-ci il ne pouvait sortir de bouquins. Eh bien soit, il dégustait sur place.

Chapitre III

Lorsqu'Amar revenait avec sa cargaison hebdomadaire de livres, sa mère, à la fois heureuse et apeurée, grommelait. Les bougies qu'il utilisait pour ses lectures nocturnes, la crainte tenace qu'il n'enflammât le baraquement. La fatigue surtout ! Elle supposait que cela l'empêcherait de trouver du travail. Enfin, elle s'angoissait à l'idée qu'il pût devenir sot à ingurgiter tous ces mots. La peur du noir ! Du trou ! L'obscurantisme dérisoire du néant. La mystificatrice sagesse populaire. Elle priait tous les soirs pour le salut de l'âme de son fils. Il fallait savoir ! Certes. Mais juste pour gagner de quoi vivre. A quoi bon le superflu ! Courageux et honnête ! Ça devait suffire. Le reste ? Du gâchis ! La révolte en perspective. Pour quoi faire ?

Il en riait. Ne devait-on pas connaître son histoire ? S'instruire de ses origines ? Utiliser la connaissance à quelque chose de salutaire ? Rien ne l'effrayait. La mort plutôt que la servitude. Quand il parlait ainsi, sa mère roulait ses yeux écarquillés en faisant des mimes de sa bouche plissée.

— Arrête ! Ne prononce pas ces choses-là ! Faut pas rire de ces choses-là. Seigneur pardonnez-lui !

Elle appuyait ces mots du fond de sa gorge, roulant les « r » pareils aux trilles de l'oiseau. Il caressait alors ses longs cheveux soyeux moirés du reflet du henné. Elle la soignait sa chevelure ! Son unique coquetterie ! Elle passait de longs moments pour les effleurer et les parfumer. C'était cette sorte d'entêtement qu'elle mettait au service des détails les plus simples du quotidien qui émouvait Amar. Ainsi pour nourrir la famille, pour la vêtir. Eh bien avec le peu d'argent qui rentrait dans cette maison, elle faisait des miracles ! Jamais ils n'eurent à se plaindre de la faim ; jamais ils ne ressemblèrent à plus pauvres qu'ils n'étaient, grâce aux soins que leur mère mettait à surveiller leur vêture. Lavant, raccommodant et rapiéçant inlassablement.

Manger... Couscous souvent, pour la tradition ! Tous autour du plat, en frères ! Ainsi se transmettaient des ancrages solides aux origines. « Comme on mange ça trompe pas ! » Ils mangeaient aussi à l'européenne ; les jours gras, quand les mandats étaient payés. Ces jours-là, son père complimentait « Madame ». L'œil allumé, il lui flattait les fesses. Naïfs ! Ils pensaient que ça faisait « français ».

Cette affectivité réfréna Amar dans son désir de suivre ses camarades dans leur rêve glorieux de reconquête sociale au travers de menus larcins. Cette consommation du clinquant à tout prix les piégeait doublement : d'abord par la fatuité des produits offerts, ensuite par la répression qui s'exerçait sur eux. Ça les menait de la prison à une misère mentale des plus déplorables. Ils se dépossédaient d'eux-mêmes en devenant les objets, finalement dociles, de ces combines perverses.

Amar avait voulu comprendre. Une sorte de force l'avait retenu en l'obligeant à s'orienter sur la lecture dans laquelle il trouvait des réponses à ses souffrances. Il s'était résolu à être un fils d'immigré avec le désir du plus que confère la différence.

Chapitre IV

Amar buvait un café assis à un guéridon. Le liquide chaleureux frémissait à ses muqueuses satisfaites de l'arrière-goût d'arabicat. Heureux ! Il attendait Lise. Sa petite amie. De derrière la vitre du patio il contrôlait affectueusement les allées et venues de la voie piétonnière.

C'était dans ce café qu'il l'avait rencontrée. L'été dernier. Sur un air du juke-boxe qu'il nourrissait d'un coup de cafard et de pièces d'un franc. La ritournelle d'un même morceau ! Elle s'était avancée pour demander l'autorisation d'utiliser l'engin. Pas que la chanson lui déplaisait, mais à force, tout de même ! Un semblant de sourire. Mille ans de bonheur. Il venait d'exister. Rien de comparable à ces habituels regards furtifs que les gens se renvoyaient dans le « tous-les-jours ». De ces œillades asthéniques et vides de sens qui cimentaient le social pour en faire un plomb. Non ! Le regard profond. Authentique ! Vivant ! de l'humain.

Et le soir-même, à l'occasion des portes ouvertes de la caserne, il l'avait revue. Il traînait avec quelques potes parmi des alignements d'engins de guerre et autres monstruosités. Ils désiraient en savoir plus sur le plan de panique civile en cas d'urgence nucléaire. Ils en étaient à se moquer des uniformes, histoire de s'affirmer dans du pas compliqué : Le style pas cadencé, ordres gutturaux, petit doigt sur la couture du pantalon, médailles et fourragères, tambours et trompettes, quand elle avait foncé sur lui. Elle s'était plantée devant lui, l'œil en bataille et la moue hautaine. Elle l'avait sidéré. Les jambes coupées, haletant, il en avait espéré le diable pour lui vendre son âme ! Elle voulait convaincre. Son père un officier supérieur ! La défense du pays c'était sérieux. Oser parler d'assassinat ? Odieux. Ou totalement balot, et dans sa bouche ça devenait la suprême insulte. Irresponsable. En un mot limité !

Il avait perdu ses convictions. D'ailleurs en avait-il jamais eues ? Ses symboles volèrent en éclats. Vite il en réclamait d'autres. Du sang, de la gloire, du poil au menton. Il avait fondu en la désirant. Pour cela il avait offert la défense des sans-défense, sa défense, le pays tout entier. Enfin tout ! Mais en prime il avait obtenu cette irremplaçable sensation d'être un interlocuteur pour quelqu'un.

Amar ne vit pas arriver Lise qui lui obstrua la vue de ses deux mains.

— Coucou ! Alors encore dans les nuages ?

— Oh ! Mince. J't'ai pas vue arriver.

Lise lui fit un léger baiser sur les lèvres.

— Je ne vais pas rester longtemps, dit-elle. On m'attend à la maison. Nous préparons nos bagages. Mon père va avoir une caserne à lui dans le nord. J't'ai écrit l'adresse là-dessus.

Elle lui tendit un papier plié.

— Punaise, c'est rapide votre truc. Comme ça.

— Tu sais, c'est comme cela dans l'armée. Un jour à Paris, le lendemain dans le nord. Et puis mon père a dû donner sa réponse immédiatement. Mais ne t'inquiète pas, on s'écrira. Je compte sur ton courrier.

Et puis si tu n'as rien de mieux à faire par ici, viens me rejoindre ! C'est partout France !

Lise se leva en renouant son foulard qui lui allait comme un gant.

— Faut que j'y aille maintenant, lança-t-elle exaltée.

Amar resta sans voix. Saisi ! Il fit mine de se lever. Elle était déjà dans la rue ; guillerette. Il aurait aimé l'accompagner un peu. La retenir. La presser encore contre son corps dans un long flirt...

— Fais pas cette tête-là Amar, tu la reverras ta maman, plaisanta la barmaid.

Amar sortit tout aussitôt. L'automne collait à ses semelles. Il ne pouvait se résoudre à rentrer ; il préféra musarder. A l'habitude, la flânerie permettait à ses idées de se placer. De la sorte il marchait des heures. A la recherche d'une compréhension. Pas l'obsession, non ! l'exigence. Une manière de s'impliquer en pensée. Sans détours.

Il passa par les terrains vagues. Quelques larmes mouillèrent son visage. Des stratus étreignaient mélancoliquement d'une chasuble vieil-argent la ville et ses faubourgs. Les marécages et leurs canaux stoppèrent sa déambulation. Quelques cahutes goudronnées signalaient en ces lieux reculés l'existence de maraîchers. Au cœur de cet aquatique univers putride, ces chétives constructions, à tout le moins surréalistes, figuraient autant d'îlots de sauvetage.

Un pont amoureux sautait la rivière. Son arche délicate, travaillée à l'ancienne, pierres et poutrelles, permettait avec peine le passage de deux personnes de front. Mais dessous ! Contre la pile. Nombre couples s'enlaçaient. Serrés ! Il s'arrêta dessus le pont, s'appuyant contre la margelle. Les flots charriaient une eau verdâtre qui étirait sa langueur parmi des peupliers jaunissants. Lente agonie de l'été. Quelques gouttes humidifièrent son front et plissèrent, en clapotant, l'onde frémissante. Des étourneaux braillards agitèrent cet exil apocalyptique. Il envia leurs ailes. Ce doux frou-frou.

La pluie s'ensuivant calma sa fièvre.

Chapitre V

La route gercée de fondrières, pleines à ras bord, rendait difficile l'accès aux constructions précaires. Un projecteur, placé sur un mirador, se chargeait de l'éclairage public. Seule concession de la municipalité, il découpait dans l'ombre épaisse quelques portions lumineuses. De-ci, de-là, les lampes-tempête et les piles à main ouvraient d'un trait oblique le passage à des silhouettes spécieuses. Pour chez lui, il suffisait à Amar de se glisser contre le mur sitôt le mirador dépassé. Quelques planches jetées assuraient la progression à sec.

Comme il entra ils buvaient du pastis. Assis sur le pourtour de la grande table. Pareils à tous les soirs ! Avec Fruchart, les voisins ! Pour dire le vrai, les gens de la dernière maison de la route Nationale. Après les champs et avant l'usine. Ils possédaient une vraie maison à étages. Avec des briques et des tuiles. Pierre Fruchart. Un solide gaillard, la bonne cinquantaine, visage rougeaud. L'épaisse moustache, du rassurant ! Il gagnait sa vie comme maton !

Si Amar avait eu la moindre envie de s'offrir en victime de la société, c'était sûrement pas par-là qu'il aurait frappé. Aux descriptions des mitardes matinées de fausses excuses, Fruchart tentait désespérément de cautionner son étrange travail. Il s'embourbait dans une vertueuse défense des intérêts collectifs. Fallait protéger la société de ses loups, enfin une quelconque connerie de ce genre-là. Fruchart militait ! Il leur tenait en permanence un discours sur la lutte des classes. Il aimait à penser que son voisinage participât à l'éducation des masses. Eternel gardien d'une belle saloperie détournée. Ça permettait au père d'Amar d'entreprendre toutes sortes de démarches auprès des administrations pour nécessiteux. Surtout pas de merci ! Juste écouter, avec sérieux, les trémolos sur des lendemains qui chanteraient.

Pourquoi cette sympathie à leur égard ? Pour raisons géographiques, semblait-il. La demeure la plus proche de la leur. Et puis ils n'avaient pas d'enfants. Pas l'envie qui manquait, mais les glandes qui donnaient pas. Un fond de charité ? Non ! de la solidarité ! Alors ils remerciaient quand même. Adulés ! Jamais son père n'avait eu à s'engager. A quoi bon ? Ils devaient accepter cette généreuse fraternité. C'était tout. Justement Fruchart en était à gronder. Le chômage l'agaçait. Il hurlait à propos du blocage des salaires. L'incidence sur le pouvoir d'achat. Les pertes pour l'économie française. Son père hochait la tête, lui dont les heures ne furent jamais égales au plus petit salaire des fonctionnaires ; en donnant tellement plus...

— Vous comprenez ? La droite s'en sert pour nous casser la baraque ! Si ça continue notre expérience risque de capoter. Ah ! Et puis tous ces immigrés. Ceux qui branlent rien, y faut qu'ils rentrent chez eux. J'suis pas raciste, mais ça libèrera de l'emploi. Comprenez-moi bien ! J'parle pas de gens comme vous, qui êtes l'honneur de votre race. Vous avez servi la France, il est bon qu'elle vous le rende. Mais c'est vrai qu'il y a des bons et des méchants dans toutes les races. Faut qu'on se sépare des mauvais. Ça n'est que justice !

Amar interrogea son père du regard. Il le vit

blanchir. Sa mère haussa le ton pour demander à Isabelle, l'épouse, une recette de tarte. Fruchart sûr de lui continuait. Tonitruant ! Conquérant ! L'alcool aidant, et un long atavisme de stupidité. Il gesticulait, traduisant dans son corps les effets que seule la bêtise sait infliger. Amar eut la nausée au bord des lèvres. Et l'autre abruti qui glapissait sur la justice clémente, trop douce pour la délinquance qu'on se devait de mater. Pour sauvegarder la morale ! Plus loin il récrimina sur le surpeuplement des prisons, eu égard à ses mauvaises conditions de travail et de l'incidence sur la qualité relationnelle entre gardiens et prisonniers.

Amar n'eut pas le courage qui lui aurait permis de boire avec eux. Il se retira dans son coin.

Chapitre VI

La nuit s'était ouverte sur une aube de brume glacée. Le père d'Amar, premier levé, s'efforçait d'allumer le Godin. Ses gestes, frappés de stupeur, horriblement grossis par la flamme de la lampe à pétrole, dansaient mélancoliquement sur le mur face à la porte. Accroupi devant le foyer dont la combustion difficile enfumait la maison, les mains tremblantes qui tâchaient de remplir de bois ce vieux poêle, il tressautait sous les effets d'une toux déchirante et râlante.

Lorsque la flamme vive vint lécher allègrement la fonte du pot, il s'intéressa à préparer le café. Puis le reste de la famille, attiré par la soudaine chaleur, se mobilisa lourdement emplissant tout à coup la baraque de tintamarre. Les cafés brûlants, arrosés de rhum, fumaient joyeusement dans les bols à déjeuner.

Amar faisait grise mine. Il n'aimait guère se lever tôt. De plus la raison de cette agitation matinale l'agaçait sérieusement. Depuis quelques années son père, dès l'automne, vendait des châtaignes à la sortie d'un RER. Abrité sous une bâche, le braséro palpitant, il hélait les passants. Les fruits tailladés d'un coup de surin expert se tortillaient sur la plaque rougie d'une tourtière en excitant de leur âcre exhalaison l'appétit des banlieusards à l'amende. Et cela faisait souffrir Amar.

Un soleil pâlot perçait difficilement la brume. Sur le chemin de la forêt ils ne se parlaient guère. Son père poussait une petite charrette dans laquelle prendrait place la récolte...

Ils en étaient à briser les bogues de ces chers fruits. La bise chauffait leurs oreilles tandis que les arbres se laissaient tranquillement dépenailler. Chacun d'eux, mécaniquement, effectuait sa tâche. Parfois quelques bruits diffus de la nature les faisaient relever la tête, mais rien qui n'eût pu les distraire un seul instant. Avec une espèce de plaisir têtu, ils s'évertuaient à remplir les sacs de toile grossière, étirant la maille jusqu'à la rompre. Le peu de luxe que la famille s'offrait en dépendait.

Amar était assis sur le fût d'un arbre foudroyé. Il se noircissait les mains à extraire des bogues piquantes ces étranges petits pelotons barbichus. Son père vint s'asseoir à ses côtés. Depuis l'incident avec Fruchart ils s'évitaient. Le père offrit une Gauloise au fils. Geste inhabituel de sa part ! Ça sentait la solennité. Amar toussota, encore plus agacé. L'ensemble de la situation, tout en dérangeant sa pudeur, l'excédait davantage. Son père lui sortait par les trous du nez. Il avait envie de le giffler. Il lui en voulait, en bloc, de tout ça. De leur vie en général. De leur misère. Amar avait des difficultés à nuancer sa hargne. Il en avait marre ! Quant à comprendre que son père, comme lui, subissait, il en était pour l'instant à des lieux.

Le regard de son père accrocha quelque chose qu'Amar n'aurait pu voir.

— Ah ! Les jours d'hiver j'étais heureux. Je restais à la maison et ma mère nous faisait des galettes de semoule. Mon père nettoyait ses outils. Il profitait de ces répits pour nous raconter l'histoire des anciens.

Tu sais, chez nous c'est très important de connaître ses ancêtres. Ce qu'ils ont fait. C'est notre dignité.

— Il neigeait en Algérie ? demanda Amar incrédule.

— Bien sûr qu'il neige ! Nous sommes du Djurjura. Si tu le voyais ! Avec ses hauts pics et notre village caché dans ses replis. Un cadeau de Dieu !

— Pourquoi t'y es jamais retourné ?

— Tu verras quand t'auras des enfants. Ton pays devient celui où tu peux les élever. Il va falloir que tu apprennes à connaître cela.

— Comment ?

— Il faut que tu partes !

Amar ne répondit pas. Mais il se sentit comme cet arbre sous lui. Bien involontairement couché. Il dépendait de lui de renouer avec la souche dont les profondes racines ne semblaient pas avoir tout dit.

Chapitre VII

Le dernier automobiliste à monter Amar avait été un agent d'assurances. Il avait bien un peu tiqué quand il avait découvert la tronche de son futur passager. Comme tous les autres d'ailleurs. En général ils redémarraient aussi sec. Les routiers prenaient plus facilement. La route c'était un peu leur usine. La merde, ça crée des liens. Celui-là aussi c'était un exploité. A risquer sa vie sur les routes pour les autres qu'il assurait pour les mêmes causes. Sauf que lui c'était par obligation ! Toute la France à couvrir ! Fallait pas dormir. Enfin il racontait n'importe quoi et ça emmerdait Amar qui ne desserrait pas les dents.

Les auto-stoppeurs ça l'intéressait, cet homme-là, seulement s'ils étaient parlants. Sinon à quoi bon ? Dans sa position ! Hein ? Ah ! Ah ! Il abandonna Amar assez vite. A un carrefour, en pleine nature il le laissa choir.

— Allez toujours tout droit ! Vous pouvez p'us vous tromper. C'est p'us loin maintenant.

Connard, va ! Une heure qu'il marchait ! Et la neige s'était mise de la partie. Maintenant c'était un vrai déluge. Elle tissait sur la contrée une épaisse couverture molletonnée. Silencieuse ! Enfin il aperçut le panneau de la ville. Les premières lampes. Lueurs opaques. Elles avaient un mal fou à imposer leur présence. De gros flocons les aveuglaient. Avec ça le vent qui fouettait de son souffle cinglant. Amar dut s'arc-bouter contre la bourrasque. Il avançait enveloppé d'un linceul immaculé. Au hasard ! De flaque de clarté en flaque de clarté qu'aménageaient les lampadaires. L'eau dégoulinant de sa tête se glissait par l'interstice de son col de pardessus et lui mordait cruellement le cou. Il frissonnait et s'ébrouait. Rien n'aurait pu y faire. La rage de cette tempête avec violence le repoudrait tout aussitôt. Il noua son cache-col de laine enserrant à la fois tête et cou. Ainsi paré, tel un méhari affrontant les sables, il continua sa route.

Le bruit des voitures s'enfuyant dans le lointain lui parvenait affaibli, feutré ! La nature se taisait, soudain pétrifiée sous cet insensé déferlement. Les autos laissaient derrière elles l'âcre odeur de leur haleine bleuissante et d'éphémères traces que s'empressait de digérer l'angoissante blancheur. Plus personne pour s'arrêter !

— Les cons ! hurla Amar. Vous laisseriez crever un mec dans la tourmente. Salauds !

Il dressait son poing tendu vers le ciel. S'attendant peut-être à en voir descendre le père Noël en traîneau. Chaque pas dans cette glue pesante devenait un exploit. Ça collait drôlement aux godillots. Son barda et les lanières de son sac à dos lui attaquaient les épaules. Il avait les pieds raides et pratiquement insensibles.

— Il neigeait ! Il neigeait ! L'empereur revenait lentement, laissant derrière lui brûler Moscou fumant... L'année Hugo ça commence bien ! se dit-il à lui-même.

Les premières habitations protégèrent Amar de l'attaque acide. Ses pas le menèrent sous les arcades d'une place fabuleuse. Des gens allaient et venaient à petits pas rapides et prudents. Engoncés dans d'amples manteaux ils labouraient l'espace enneigé en tous sens, libérant de grands éclats de vapeurs haletants. Certains, en monômes singuliers, tanguaient dans le froid en sifflant. D'autres, à la queue leu leu disparaissaient, absorbés par les bouches d'antres sonores et lumineuses. Bravant la tempête, ordonnançant ces ballets, un beffroi orgueilleux grinçait de toute sa girouette. Face aux assauts répétés du déluge, les façades des maisons, d'une particulière architecture uniforme, imbriquées les unes dans les autres à la manière flamande, étreignaient leurs pignons en une prière étonnamment humaine. Tels des agenouillés, le front dressé aux cieux, elles balbutiaient la crédule prière des ignorants.

Amar se refroidissait à contempler cet étrange spectacle. C'était là son premier contact avec cette ville. Il dut continuer son chemin à la recherche d'une halte pour la nuit. Il emprunta un réseau ténu de ruelles sombres. Des taudis aux lucarnes souffreteuses s'affalaient, noircis par les fuligineuses expirations crachotantes des poêles à charbon. Il arriva place de la Gare. A cet endroit une circulation intense transformait l'évanescente blancheur en une noire bouillasse. Ici, la neige ça ennuyait tout le monde. En tout premier les voyageurs au sortir des wagons qui, subitement, devaient se débattre au milieu d'un univers de glaciale humidité. Ils se hâtaient vers des destinations probables, les visages réjouis, confiants en leur avenir. Toutefois, quelques-uns, navrés de n'être personne pour quelqu'un consultaient des annuaires et des horaires avec des certitudes épaisses comme des tartines de paysans. Dans une rue adjacente les flashes colorés de l'enseigne « Au Point du Jour » séduisirent Amar.

Amar s'affala sur la moleskine de la banquette en poussant un profond soupir de soulagement. Harassé ! Il ne sentait plus ses jambes. De la vraie guimauve ! Le garçon de café vint de suite.

— Bonjour monsieur ! Qu'est-ce que ce sera ?

— Un grand crème bien chaud s'il vous plaît !

Amar enleva son pardessus et lança un rapide regard sur la salle. Il s'élevait de cette pièce, plutôt étroite, une formidable rumeur. Un interminable bourdon bondissant du sol au plafond, emplissant les oreilles d'un fouillis de décibels. C'étaient des braillards à voix de faussets qui gueulaient leurs commandes et de la musique mise à fond. Ça sévissait dans un mélange caractéristique d'odeurs de vêtements mouillés et de forts relents de transpiration. Véritable étuve dont la lourde atmosphère empestait le tabac froid et la bière aigre.

Une population bigarée, haute en couleur, s'acoquinait en des postures de circonstance, agglutinée aux tables et au comptoir. Une porte de service battait à tout rompre, en libérant à chaque volée un âpre effluve d'urine. Assise à proximité, une femme visiblement avinée tenait à deux mains, droit devant elle, un miroir circulaire. Elle se tordait la bouche qu'elle avait grasse et épaisse. Les traits de rouge à lèvres débordaient largement sa nature et l'affligeaient d'un éternel sourire comique. Elle apostrophait sporadiquement les clients qui s'empressaient à la pissotière. Cette gardienne spéciale des toilettes, outrancièrement maquillée, semblait faire partie du décor. Lorsque le serveur vint servir Amar, il s'assit près de lui.

— Tu veux un sandwich ? proposa-t-il de loin. Ça doit pas être gai de voyager par du temps pareil. Brou ! Ça me fait grelotter rien qu'à y penser. Faudrait qu'on m'oblige.

— Euh ! Non ! Non, merci ! Ça ira comme ça.

— Allez ! Prends un sandwich. J'te l'offre, répéta le garçon en lui tapotant la cuisse.

Le serveur sourit au désarroi qui s'afficha sur le visage d'Amar.

— Allons ! Fais pas cette tête-là, allez ! J'm'appelle Gérard. Ici on m'appelle Gégé. Et toi ? dit-il en lui tendant la main.

Amar lui serra la main et répondit :

— Ben moi c'est Amar.

— Bon Amar, repose-toi, j'te ramène un sandwich sur le compte de la maison.

Comme Amar allait pisser il entendit une voix éraillée, monocorde, tranquillement débiter : « Fais gaffe mon mignon ! Serre tes fesses et tiens ta nouille ici !... » Amar en sut davantage sur cette femme.

Chapitre VIII

Le café crème ! Son parfum et sa bienfaisante chaleur. Cette soudaine flambée s'empara d'Amar. Une sournoise torpeur fondit sur ses épaules, puis, en engourdissant ses membres, embruma son esprit. Il sombra dans un demi-sommeil quiet dans lequel surnageait un vague brouhaha suggestif. Il navigua sur des pensées tumultueuses : « Les indigènes, dos courbés sur des bocks de bière ambrée, accoudés à des tables épaisses chuchotaient des propos politiques secrets aux oreilles d'Amar. Celui-ci par un effet d'acoustique extraordinaire entendait tout et trouvait cela d'une mièvrerie désarmante. Seuls, quelques journalistes qu'il reconnut comme étant de la télévision, s'exaltaient à ces dires. La femme à la bouche en cul de poule faisait des ho ! et des ha ! La musique transmettait d'étranges codes à des libellules colorées qui chatouillaient de larges oreilles rosées, porcines et possédant de longs poils rugueux. » Les images défilèrent, filèrent...

Amar sortit progressivement de sa léthargie. Bizarrement ce fut le calme qui régnait dans le bistrot qui le réveilla. Le garçon plaçait sur les tables les chaises renversées. La dame de la banquette poussait du balai un tas sombre de mégots, poussières et autres salissures de café. Quelque peu gêné de s'être assoupi, Amar balbutia :

— Ça fait du bien ! Ça retape son homme un petit somme. Euh ! S'il te plaît ? Vous louez des chambres ici ?

— Bien sûr ! C'est un hôtel ! Malheureusement elles sont toutes occupées. Mais ne t'inquiète pas. J'peux t'aider pour cette nuit si tu veux. T'auras qu'à dormir chez moi. C'est pas grand mais c'est tout ce que je peux t'offrir. On se démerdera ! Y a plus l'air d'avoir grand monde, j'vais bientôt fermer. Attends si t'es d'accord.

Amar accepta l'offre sans trop se faire prier. Demain il y verrait plus clair. Il se voyait mal cherchant un refuge pour cette nuit. Par ce temps ! Tranquillisé, il détendit ses longues jambes et s'étira.

— Bon ça va Adèle ! T'es charmante, j'te remercie.

Gérard versa à la femme un picon-bière.

— Merci mon mignon ! dit-elle d'une voix rauque, en tendant son verre dans la direction d'Amar. J'bois à ta santé, beau brun. J'espère que tu trouveras ton bonheur dans cette ville. Fie-toi à mon flair, j'suis un peu magicienne.

— A votre santé, madame.

— Charrie pas, appelle-moi Adèle ! J'loge ici. Si t'as besoin de moi n'hésite pas, gamin.

— J'm'en rappellerai. Merci !

Adèle sortit par le couloir en chantonnant un air de Berthe Sylva : « Du gris qu'on roule dans ses doigts... »

— Une drôle de bonne femme, hein ? Une sacrée histoire sur le dos, l'Adèle. Bourrée aux as. Un peu dingue ! Elle picole tout son fric. J'l'ai toujours connue comme ça. Elle tient à m'aider tous les soirs sinon elle fait un esclandre. Bon, c'est pas le tout mais j'vais faire ma caisse.

Un jeune homme d'allure goguenarde entra. Habillé d'une manière grand-guignolesque, anachronique : chapeau mou et ample, chemise à jabot et redingote noire sur des jean's, rangers de l'armée aux pieds. Parachevant la dégaine, une canne à pommeau. Il fit entrer la fraîcheur de la rue et éternuer Amar.

— A vos souhaits cher ami ! lança-t-il à Amar en s'accoudant au comptoir.

Gérard qui comptait ses pièces, sans se retourner lui indiqua :

— Sers-toi l'Anar, j'suis occupé. J'ferme bientôt. Ce soir j'suis claqué.

— O.K. ! Tu bois quelque chose, c'est la maison qui régle ? proposa l'Anar à Amar.

— Une bière aussi ! demanda Amar en s'approchant du zinc.

— Il fait pas chaud ces temps-ci, n'est-ce pas ? Une pinte ça nous réchauffera.

L'étrange individu faisait mousser la bière qu'il servit dans des chopes de un demi-litre.

— T'es nouveau par ici ? J'te connais pas, continua-t-il en s'adressant à Amar.

— J'arrive de ce soir.

A nouveau l'ambiance du bistrot frissonna quand une bande de fêtards surgit en bramant. Ivres ! Désarticulés, ils renversèrent à grand bruit quelques chaises.

— Arrêtez ce bordel ! Bon Dieu ! Vous allez réveiller le patron. J'veux pas d'ennuis. Baissez le ton sinon y a pas à boire.

— T'énerve pas Gégé ! aboya un rouquin. Mets-nous à boire ! A toi aussi. Pis aux copains, là. C'est la fête. J'ai p't'être trouvé du boulot.

Gérard servit de la bière à tous. Il en servit même plusieurs fois. Personne ne payait ! Amar comprit qu'ils appartenaient à cette sorte de copains que Gérard entretenait aux heures où son patron dormait. Les amis passaient tard dans la soirée, aux heures de fermeture, sachant trouver de quoi consommer gratis.

La bière chauffa les oreilles d'Amar. Il eut sur la situation un regard particulier. L'alcool ? Peut-être ! Il se servit à satiété dans le plat burlesque de ces bambocheurs qui jouaient une pantomime sur la scène avancée du samedi soir. Ils dansaient un mimodrame en se serrant langoureusement. Muets, ils caricaturaient ce qu'ils voyaient du monde livré à l'hostilité croissante du désœuvrement. Abandonnés, ayant peu l'espoir de pouvoir agir sur leurs réelles conditions ; leur bamboula devint tragique aux yeux d'Amar. Ils chantonnaient à voix basse dans des allures extatiques ce qu'il leur fallût hurler. Puis, bras dessus, bras dessous, dodelinant de la tête, hésitant jusqu'à la porte, ils disparurent happés par les ténèbres. Leurs voix, soudain libérées de l'oppression, dérangèrent la nuit en retentissant. Comme des bulles de savon colorées elles s'en vinrent éclater à la vitrine du débit de douleur qu'ils nommaient « le bistrot de la dernière chance ». Echos de la vie passant. Flammeroles !

Gérard éteignit l'éclairage. Seul le néon du verrier inonda de lumière bleuâtre le comptoir. L'Anar, comme il était entré, disparut dans une bouffée d'air glacial qui fit frémir les mollets d'Amar. Sur le pas de la porte, il déclara solennellement : « L'esprit qui gouverne tout, sait ce qu'il fait, pourquoi il le fait, et la manière dont il le fait. »

Amar grimpa avec difficulté des escaliers dont la raideur de la pente lui fit songer à une expédition en haute montagne. Saoulé de mots, de bière et de fatigue, il eut toutes les peines du monde à rejoindre la chambre de Gérard qui logeait sous les combles.

Chapitre IX

Cette première nuit paraissait interminable à Amar qui ne dormait pas. Le froid, en mugissant sous la porte, le tenait éveillé. Les genoux sous le menton, pressé tout contre Gérard il n'avait guère ôté de vêtements. Les minces couvertures, usées à la corde, pour les protéger ne pouvaient prétendre les réchauffer beaucoup. Elles évitaient qu'ils ne fussent couverts du givre de leur respiration crissante dans l'air vif et piquant. Gérard, bienheureux, dormait profondément. Il souriait à la nuit, dessinant des X avec ses bras.

Un carillon au loin ponctuait d'un glas sonore les demies d'heures inconnues. Amar avançait dans la nuit, à tâtons, agacé par cette sinistre musique. Dans ce nouvel univers, quelques visages familiers vinrent combler ses incertitudes. Une scène bien particulière raviva la douleur d'une plaie encore vive. Il se revit adressant à sa famille son au-revoir sous la forme d'une brève lettre qu'il avait placée en évidence, sur la petite commode en pitchpin que son père avait tirée du silence d'une décharge. Se pouvait-il que son père soit fier de lui ? Son fils face à la réalité ! Celui qui devait trouver la formule ! Car il y en avait une. Saurait-il, ce père, que c'était bien plus entraîné par un flirt que par l'orgueil que son fils était parti ? Cette étrange idée de l'amour, plutôt que la raison. Et le hasard là-dedans n'avait pas grand-chose à voir.

Parfois Amar se débattait avec ce qu'il croyait être des contradictions. L'amour, la raison, le hasard, le monde. Il ne savait pas que tout cela se combinait pour faire le monde et qu'il détenait la clé pour que le produit existât. Ah ! Il y ferait son trou dans cette ville. Faire son trou ! L'obsession de son père. Tragique certitude. Amar s'endormit lorsque la pièce commençait à prendre une couleur violacée. L'aube annonçait salement la fin ou le début de quelque chose. Très indistinctement.

La bouche pâteuse, une légère migraine, le bout du nez bleuissant, Amar s'assit sur son séant. Il s'étira longuement, engourdi et nauséeux. Il découvrit dans une clarté blafarde ce qu'il n'aurait jamais imaginé pouvant exister. Pourtant habitué à un environnement peu folichon il s'apercevait que le monde ne lui avait pas tout dit.

Une ampoule électrique, nue, rendue opaque de chiures de mouches, tristement pendouillait à son fil au milieu du plafond craquelé. L'air en maugréant passait par un vasistas disloqué. Quelques chiffons raidis tentaient d'en colmater les brèches les plus importantes. Des zébrures aux murs, la peinture écaillée, une table de bois brut aidée sous un pied, une chaise franchement fatiguée et le lit longeant le mur face à la porte ; ce décor de théâtre fit s'esclaffer Amar d'un rire sonore. Gérard, qui s'activait à de menus rangements, surpris du soudain réveil de son nouvel ami, éclata du même rire.

— Incroyable hein ! J'suis sûr qu't'as jamais rien vu de pareil. C'est mieux que rien ! Le patron me la fait gratis. J'ai pas refusé.

— Ben mon vieux, heureusement ! On devrait te payer pour rester ici !

— J'vais t'faire un expresso ; tu vas voir ! T'iras mieux quand t'auras du chaud dans le coco. L'essentiel c'est d'avoir un toit. Si ça ne te déplaît pas trop tu peux rester ici le temps que tu veux. J'ai besoin d'un pote. Tu tombes à pic ! A deux ce sera plus cool.

Amar le regardait s'affairer. Grand, la mèche rebelle, sans cesse tombante, sans cesse rejetée à l'arrière d'un élégant petit coup sec de la tête aidée de la main. La blancheur de son sourire approfondissait son regard noir et la matité de son teint. Il avait passé une épaisse jaquette de laine sur une sorte de pyjama coloré. Il semblait enchanté et il sifflotait quelques airs à la mode. Amar songea qu'il tenait là sa chance. Comment aurait-il pu résister dans cette ville avec le peu d'argent qu'il détenait ? Sans ressource ! Sans travail ! Un pari impossible. Il n'y avait pas réfléchi jusqu'alors. Il entrevoyait précisément la précarité de sa condition et ce à quoi il échappait. De ses rêveries à la réalité, il y avait la résistance du monde. Malgré tout il supposait que seule sa volonté l'avait fait choir dans ce bistrot. Démarche normale dans son histoire. Un havre ! Ne lui restait plus qu'à bâtir autour.

Mais cette chambre ? Un mal-être pesant, pressant, tentait de repousser ces murs si étroits. Hors de l'imaginaire, limite plus pressante encore de l'absurde réalité. En effet la chambre palpitait d'un angoissant vide d'objets qui battait aux tempes d'Amar. Elle luttait contre l'absence toujours plus forte, cognant, suant. Nulle trace de vie ! Mais où donc Gérard aurait pu se révéler ? Dans quoi ? Hormis le poster représentant Gandalf au cœur de la saga de l'anneau et une petite bouffarde sur le coin de la table, pas de Gérard. Terrible certitude du néant. Pourtant il était bien là. Se déplaçant avec une certaine grâce. Des gestes précis et rapides. Svelte ! Comme un danseur de flamenco. Il sourit en pensant aux publicités merdiques qui encrassaient les crânes des opprimés. Fluet et vif ! De temps à autre son regard de braise coulissait de côté car Gérard, lui aussi, observait Amar.

— Et pour se laver ?

— Dans le couloir. Près des chiottes. Il y a un robinet. Tu verras ! Mon bassin et du savon s'y trouvent.

Chapitre X

En descendant prendre son service, Gérard prévint Amar :

— Sois sympa ! L'boss c't'une ordure. Un gros dégueulasse. J'me méfie de lui. S'il t'envoie chier, laisse courir. J'arrangerai le coup.

Pour se rendre dans la salle du bistrot ils empruntèrent un long couloir clos par une porte qui donnait en premier lieu sur des latrines puis sur un autre petit corridor contigu au café.

Adèle, assise tout de suite à droite, éclusait passivement ses premières bières. Au comptoir quelques habitués de l'apéro liquidaient avec le patron des petits « blancs-cass » en roulant les dés. Lorsque le patron les vit, il rugit :

— Qui c'est ce pierrot ?

— Bonjour patron ! Ben, c't'un copain. J'le dépanne en ce moment. Il cherche du travail par ici.

— Bon ! Mais que je n'entende pas parler de lui. Allez arrive par ici il y a du boulot.

Le patron avait les joues sanguinolentes et le pif écrasé d'un ancien catcheur. Ses oreilles en « choux-fleurs », son menton en galoche appuyé sur un puissant cou alourdissaient la silhouette d'une tonalité bestiale. La nature et son laisser-aller ! Suant, dégoulinant, il déplaça sa masse pachydermique de derrière son tiroir-caisse, sa seconde nature. A l'aide de ses monstrueuses mains noueuses il happa la piste de quatre-vingt et un et il eut le culot grotesque de s'installer à un minuscule guéridon qui le lui rendit bien. Là, ses amis avinés firent cercle et s'empressèrent de finir la partie.

Gérard disparut dans l'arrière-cuisine aux fortes odeurs de graillon. Il y avait de la vaisselle à faire, et à nettoyer le pavé, et à servir la clientèle. Amar se retrouva seul au comptoir ne sachant que faire de sa personne.

— Viens là mon mignon ! On va discuter tous les deux, lui lança Adèle.

— Si vous voulez !

— Allez ! Pas d'embarras. Et tutoie-moi, bordel, sinon j'te cause pas. J'vais pas te dévorer. T'inquiète pas du patron. S'il t'ennuie, il aura affaire à moi. T'as soif ? Bois quelque chose, j't'rince !

Une certaine bonhommie émanait d'Adèle. Exceptés son impossible maquillage et sa dégaine criarde, il y avait quelque chose d'indéfinissable en elle. Une élégance ! Comme un reste d'aristocratie qui se serait niché dans cet air qui la faisait si attachante. C'était ce qui forçait les commentaires à son propos et nourrissait l'intrigue.

Le café s'agita en ébrouant sa longue chevelure poisseuse de laquelle naquirent quelques cliquetis de verres à pernod. Une odeur d'anis se répandit et délia les langues. Des propos stuporeux entretinrent une chaleur grégaire. On y allait de son tiercé et des journaux télévisés. Là, des hommes se construisaient des importances de bazar à ces heures légales du désœuvrement. Rien qui ne pouvait accrocher une quelconque réflexion. Pleurer son salaire, réajuster son collier, s'horrifier du désordre. Dangereux propos délétères de boutiquiers, de personnes dans cet état ou en passe de le devenir. A croire que la France entière devenait l'arrière-boutique d'une vaste épicerie dans laquelle le propriétaire s'évertuerait à expliquer à ses congénères comment gagner mieux et plus vite. Pour quoi faire ? Des rots, toujours plus gros et plus sonores.

Ainsi donc, de ces officines il émergeait la pensée profonde, parfois, d'un Occident coléreux. Frileuse et lâche ! Comme expiant une médiocrité dans la peur croissante d'une transformation.

— A dégueuler ! N'est-ce pas ? C'est ça q'tu penses. T'inquiète pas. Au soleil ça s'effrite, susurra Adèle.

— Tout de même ! Ils ont quelque chose d'inquiétant.

— Ah ! T'es jeune va. Mais t'as quand même raison. Leurs grosses mains pâteuses peuvent tuer. Ils ont l'habitude de dire des conneries. Mais ça peut faire mal. Surtout quand ils commencent à dénoncer. J'en connais un morceau là-dessus. Des abrutis ! Prêts au pire. Toujours ! Regarde tous ces jobards ! Rien que les huiles de la ville à c't'heure-ci. La canaille qui s'engraisse sur le pauvre monde. Ils sont tous fourrés ici le dimanche midi. L'Gros-Louis est un de leurs compagnons. Ils se mêlent au peuple, comme ils disent ! Des pauvres types ! Tous issus du ruisseau. L'problème c'est pas qu'ils en sortent, c'est qu'ils s'en souviennent plus. C'est ça qui fait le plus mal.

Gérard vint à la table, botté de caoutchouc, la ceinture étreinte du cordon d'un long tablier marine qui le drapait des pieds à la tête.

— J'fais la cave maintenant. Ecoute, après manger il fait sa sieste. Ensuite on l'revoit plus de la journée. Il est plus taré que méchant ! Va place de la Gare, tu pourras y manger des frites à la baraque. Vaut mieux qu'il te voit le moins possible. T'as des sous pour tes frites ? Sinon n'hésite pas, j'en ai un peu. Dis au type que tu viens de ma part. C't'un pote. Il te fera une belle portion.

De nouveau Gérard se dissipa dans les vapeurs de la cuisine.

— Il est chouette tout de même c'môme-là. Un bon gars allez ! Il a raison, méfie-toi du patron. Ici tu risques de te faire raser. J'connais la musique va. Ils ont gagné leurs médailles à la libération !

La langueur dominicale, à l'aide d'un code secret, en assoupissant le climat, engluait tout mouvement. La vie, imperceptiblement, diminuait la cadence de ses coups. Ses pulsations, ainsi freinées, creusaient le doute dans l'esprit des hommes. L'inéluctable maléfice du dimanche après-midi frappa de nouveau. Dans cette ville ! Ce sortilège qui désertifiait des provinces entières se faisait sentir jusque-là. Amar supposait qu'il en serait quitte de cette pourriture. Ne l'avait-il pas fuie en s'échappant de chez lui ? Eh bien non ! La bave tenace qui ridiculisait tout sur son chemin, cette écume blanchâtre, lentement, froidement, paralysait les espèces vivantes, le tenait encore sous sa coupe. Le formidable ennui de l'escargot !

Adèle s'affaissa sur son siège en restituant dans ses ronflements l'aigre parfum des picons-bières. Amar lui conseilla d'aller se reposer chez elle. Ce qu'elle fit non sans l'avoir au passage insulté, histoire de ne perdre aucune habitude. Bien qu'il fût devenu son petit camarade ! Gérard profita de ce répit pour se délasser. Il étira ses longues jambes sur deux chaises et roula entre ses doigts maigres des crottes de nez qui churent lamentablement à terre. De temps en temps la machine à café lâchait un pet sonore de vapeur brûlante. L'abandon ! la vie se relâchait dans cette absence. Un bistrot sans client qu'était-ce donc ? On pouvait dire que la France sans bistrot « ce n'était plus la France ». Tout, ou presque, s'était fait ou dit dans les bistrots. Des arrière-salles révolutionnaires au café de Flore.

Amar entreprit la lecture du canard local. Quelques trognes de poivrots, bien placés pour la photo des inévitables banquets, matière indispensable pour cette presse. Quelques édiles ! Le tout lié d'assidus comptes-rendus désinfectés, stérilisés ! Voilà le panorama du quotidien, une presse cafardeuse. Le monde entier sombrait dans la neurasthénie à la lire. La planète ensanglantée, qui libérait son napalm et ses défoliants mourait de sa force tranquille dans cette localité. Loin de tout. Loin de la fureur, de sa fureur contenue. Pour les autres, la fureur ! Mais tout de même. Le langage ! Une espèce de pudibonderie. L'excuse du chien écrasé pour asséner le coup de grâce à une clientèle qui n'avait vraiment pas besoin de cela pour être idiote. Puis sonnèrent les cinq coups fatidiques. Le baiser tant attendu. Un « petit jus » pour se remettre et la clientèle de nouveau afflua. Arriva Nanard, son édredon sur la tête.

— Salut Gégé ! Salut tout le monde !

Il prit tout aussitôt place près d'Amar.

— Mets nous deux demis, Gérard.

Puis d'un ton plaisantin :

— Pas d'casse hier ? J'en t'nais une fameuse ! Hein ? Ah ! Ça fait du bien de « chibarder ». Faut s'défouler pas vrai ? Mais au fait qui es-tu, toi ? On s'connaît pas.

— Forcément, j'suis là d'hier. J'suis nouveau dans le quartier. J'cherche du boulot.

— Ben dis donc ! Tu choisis le moment toi. Avec le chom'du qui y a en ce moment. T'es dans une région en pleine faillite. C'est pas l'Eldorado par ici. Faut t'adresser ailleurs.

— J'ai pas choisi la région. J'suis là pour raisons sentimentales. Si j'peux dire !

— Tout d'même. Ça n'empêche que la région est sinistrée. J'dis pas ça pour te décourager...

Ils burent tranquillement leur bière.

— Au fait ! J'y pense. Y aura p't'être un truc pour toi. J'suis chanteur dans un orchestre. On a l'gars qui s'occupe du matériel qui fout le camp à l'armée. Si ça te dit tu pourrais le remplacer. En attendant de trouver du plus solide ça te fera un peu de pèze. Ça paye vingt-cinq sacs plus la bouffe. Et au resto ! Par week-end. Qu'est-ce t'en dis ?

Amar ne perdit pas son temps en vaines réflexions. Vu ses possibilités il accepta sur-le-champ.

— T'as une bonne bouille, va ! gouilla Nanard en tapant gentiment Amar sur l'épaule. Quand on peut aider un mec faut pas hésiter. On est tous dans la même galère, pas vrai ? Mais t'as trouvé à t'loger ?

— Pour l'instant ça va. Gérard me loge. Le temps d'me retourner.

— Bon tant mieux. Allez scellons notre nouvelle amitié en buvant une bonne pinte.

Tandis que des heures de leur jeunesse s'estompaient, comme le rivage à la vue du marin sur son navire gagnant le large, il s'était formé un groupe autour d'eux. Tous voulaient en savoir davantage sur le nouveau copain. D'où il venait, où il allait, pourquoi ici et pas ailleurs, et toute autre question, plus bêtes les unes que les autres.

Lorsqu'Amar leur parla de Lise et de son amour pour elle, ils s'assombrirent, pensant à haute voix qu'il n'était plus possible que l'on puisse encore rêver de cette manière. Alors, Philippe, qui se lissait la barbiche, proposa d'initier le nouvel arrivant par une petite « fumette » qui devrait le sortir de cette connerie et de tout le reste. Car il était évident que de penser comme cela impliquait tout un processus mental qui engageait son avenir. Il était dangereux de le laisser continuer à déconner de la sorte. Ce fut son diagnostic et personne ne songea à le contester. Il avait l'air de faire autorité en la matière.

Ils furent d'accord sur la proposition du don, mais il était hors de question qu'Amar en sut davantage sur la provenance de leur marchandise. Il avait beau avoir l'air sympa, c'était peut-être un mouchard. Ils baissèrent le ton, l'air suspect ils commentèrent les dernières descentes de police dans les bars et la répression que le procureur du coin exerçait sur les patrons de troquets qui ne marchaient pas dans la délation. Donc méfiance. Au « Point du Jour » il n'y avait rien à craindre du côté des autorités vu que le patron était un mouchard notoire. Mais avec la propagande locale qui faisait des fumeurs de haschich d'horribles trafiquants pervertissant la jeunesse, il valait mieux être prudent.

Philippe donc glissa quelques grammes de « népalais » dans la poche de Gérard. Discrètement et dans un silence solennel il chuchota dans le creux de son oreille :

— Fais-lui goûter ce soir. Sur du whisky il est génial. Pour un dépucelage ce sera parfait. C'est du nectar ! Le meilleur sur la place en ce moment.

La soirée s'éteignait progressivement. Les copains un à un disparurent ; Adèle, qui s'était réinstallée en fin d'après-midi, depuis quelques heures déjà se mirait dans sa glace, balbutiant de sourds propos d'elle seule connus. Des baladins de comptoir, faiseurs de rêves et autres montreurs d'images accrochés au zinc magnifiaient leur déconvenue. Fixés à la bière, ces aventuriers de bastringue faisaient découvrir à une assistance ébahie d'extraordinaires contrées. Ultimes survivants du contact à tout prix, ils maudissaient la télé. Derniers vestiges d'une humanité à la dérive ils se débattaient contre la mort lente. Ils refusaient l'infecte tambouille de leur vie sans chiqué, en appelant de leurs vœux quelques accidents de parcours.

Peu avant la fermeture apparut l'Anar. Habillé en tenue militaire. Des pieds à la tête dans un uniforme anglais. Un demi à la main, il s'approcha d'Amar qu'il fixa longuement de son regard rieur. Il lampa sa bière d'un coup et de sa bouche mousseuse il scanda sur un ton badin :

— Ce qui n'est pas utile à l'essaim, ne peut être utile à l'abeille. Disant cela il pressait doucement l'épaule d'Amar.

Chapitre XI

— Tiens ! Prends ce carburant. Le chauffage pour la nuit. Pète-la pas surtout. C'est du meilleur !

Gérard tendit à Amar une bouteille de Glennfiddish, « pure malt » ! Puis ils montèrent à la chambre. Même esclandre que la veille. Lourde et scabreuse. Sitôt la porte close Gérard tira de dessous le lit une imposante valise.

— Voilà mon trésor ! Le produit de mes rapines ! déclama-t-il d'un air satisfait. Eh oui ! A l'occasion j'chaparde. Ma revanche sur le système. Si tu crois que j'me laisse marcher sur les pieds. J'les emmerde.

Une fois la valise ouverte Amar saisit l'astuce. Sur un battant, celui du haut, Gérard avait agrafé deux amplis et dans le fond, disposé une platine. Il tira un carton, une centaine de trentre-trois tours, au moins, vinrent ainsi.

— J'vais t'faire écouter mon préféré du moment. Mais d'abord on s'installe. Pour apprécier faut nos aises. Faut l'ambiance ! Prends un coup de whisky !

Gérard plaça Charlélie Couture sur la « rondelle ». Assis sur le lit, dos au mur, ils se passèrent encore et encore la bouteille. Puis Gérard prit sa bouffarde. Il prépara du tabac brun qu'il mélangea soigneusement, délicatement, ayant soin de n'en faire pas choir ne serait-ce qu'une miette, à l'herbe que lui avait offerte

Philippe. Il bourra la pipe. Religieusement ; après quelques rituels d'usage qui firent pouffer de rire Amar, il alluma. Immédiatement une épaisse fumée fusa de ses narines et par sa bouche. Deux ou trois aspirations profondes qu'il ne rejeta pas et il lui tendit l'objet. Ses traits se détendirent. Il se cala mieux. Se nicha. Se lova. Son regard sembla s'éclaircir.

— Fume ! A toi maintenant. Aspire doucement et conserve la fumée le plus longtemps possible. Moi J'vais rejoindre Gandalf chez les elfes.

— Eh ben ! T'en as d'la chance, plaisanta Amar.

— Allez fume ! Fais pas le con !

Puis Gérard se tut. Absorbé. Amar aspira longuement et profondément dans une sorte de défi qu'il se lançait à lui-même. Toutefois un peu craintif. Il voulait savoir les effets mais craignait pour sa santé. Il relâcha progressivement la fumée comme il l'avait vu faire par Gérard et il attendit. Rien ! Pourtant il était attentif à la moindre modification de la réalité. Rien ! Et Gérard qui se détendait confortablement sur le lit. Il avait l'air de se sentir à l'aise. Allez encore une bouffée ! Cette fois-ci il la garderait plus longtemps encore. Que craignait-il ? C'était une expérience ! Plutôt qu'écouter les imbéciles, rien de tel que de voir par soi-même ! Toujours rien ! Gérard, lui, conservait les yeux écarquillés, scrutant la gravure comme un expert d'art qui aurait voulu s'assurer de la véracité des détails apparents. Mais que voyait-il donc qu'il ne savait distinguer lui ? Il lui fallait voir aussi.

— Dis ? Qu'est-ce tu vois ?

Il le poussa du coude. Gérard ne répondit pas. Ah ! Le salaud, il excite ma convoitise. Il est là, raide comme un piquet. Quelle indécence ! Quel cinoche il se fait ce con ! Quel abruti ! Il eut envie d'hurler et de rire à la fois. Un rire terrible ! Inextinguible. Indescriptible. Puissant, le secouant tout entier. Gérard, toujours penché sur son image, ne se souciait pas de cette manifestation. L'œil rivé ! Tous les deux dans cette pièce. Amar cherchant à voir ce que l'autre visualisait ; il en sanglota.

Amar ne put dire combien de temps dura cette effervescence. Mais il fut déçu de n'avoir entrevu aucune de ces éblouissantes couleurs ou toute autre étoile que l'on attribuait généralement à l'onirisme des drogués. Il avait certainement fini la bouteille d'alcool car sa gorge le faisait terriblement souffrir de brûlure. Il se sentait léger ! Charlélie Couture planait dans la petite chambre et sa voix et sa musique frétillaient contre les murs. Amar devint même l'essence de ces mots et de ces notes. Il en comprenait leur sens de l'intérieur, leur léguant tour à tour une existence que lui seul pouvait dispenser. Il s'endormit. Ce fut la main de Gérard qui, en courant le long de sa cuisse pour lui caresser la verge ensuite, qui le réveilla. Ce fut l'érection que provoqua ce toucher qui rendit à la réalité sa conscience.

— Qu'est-ce que tu fous ? T'es naze ou quoi ? J'suis pas pédé !

— Laisse toi aller ! Tu vas voir c'est chouette.

— Arrête tes conneries.

Amar le repoussa contre le mur. La chambre bascula et le roulis infernal du lit lui donna la nausée. Il fut contraint de s'allonger à terre pour dormir.

Chapitre XII

L'infernale ritournelle des jours semblables à eux-mêmes effilochait la volonté d'Amar. Les interminables stations assises à regarder s'égrener sa vie ne l'incitaient pas à la joie. Malgré le temps infect et la maigreur d'un ciel équivoque il déambulait le long d'une antique rue pavée. Tel un somnambule il butait à chaque pas. Il portait sur le visage la laideur d'un masque de tristesse qui affadissait sa jeunesse.

Il se tordit la cheville sur l'une des dents de la chaussée. Elle s'efforçait d'être féroce avec les intrus. Cet incident peu coûteux lui révéla dans sa finesse la beauté des façades délicatement ciselées. Amar réagit aux lieux et il s'en voulut d'être cet âne qui ratiocinait comme un dément quand il lui aurait suffit de s'empreindre de l'âme qui animait cette voie ouvrée. Imbécile et pleurard !

Après qu'il eût dépassé les méandres de la rue aux Ours résonnant encore du bruit métallique des charrois médiévaux qui l'avaient ainsi bombée, il plongea au cœur d'un des joyaux de l'Artois. La place des Héros ! Celle-là même où il s'était arrêté le premier soir, lors de son arrivée.

C'était jour de marché. Les cloches cristallines du beffroi scandaient les quarts en tranchant dans l'heure.

Les envolées mélodieuses du carillonneur libéraient des vagues de pigeons, tandis que, debout sur la couronne de ce monument, un lion de bronze, symbole régional des libertés arrachées, dressé sur ses pattes arrière, tenait majestueusement l'emblème solaire. Gardien de la cité ! Infatiguable guetteur fouillant les nuées.

A son ombre prodigieuse se bousculait une clientèle vivace, hardie, aux éventaires chamarrés des marchands forains. Les cris des camelots animaient les allées aux tentures chatoyantes tandis que de voluptueuses fragrances ainsi que de lourds relents de basse-cour embaumaient les lieux. Amar traversa la place enivrée, étourdi par la surabondance de marchandises et le délire de sons, surexcité par la fureur des couleurs. Il ne put tenir davantage. Il lui fallait toucher. Goûter si possible. Poussez-vous qu'il passe ! Il soupesa dans le creux de sa main des épices qui s'échappaient en glissant contre ses doigts et lui chatouillaient le nez. Les noms exotiques qu'elles portaient, évoquaient les arcanes amoureux de ces jouisseurs qui les avaient baptisés. Il enfonça son annulaire dans un onctueux fromage et le lécha d'aise.

Enfin ! L'arôme des brûleries de café. Toute son enfance ramassée dans cet espace olfactif. Sa mère savait si bien le préparer ! Il huma. Délicieux ! Il profita de cet enchantement que berçait la geignante complainte d'un orgue de Barbarie, pour écouter le discours pathos d'un prédicateur. Priez pécheurs ! A ses côtés une diseuse de bonne aventure dont le chien savant amusait la populace joviale, annonçait les prochains numéros gagnants de toutes sortes de tombolas. Un peu plus loin des trétaux croulaient sous les dons en espèces pour les Polonais. Face à tout cela, un peu en retrait du marché, une cohorte de maladroits sans excuses valables tendaient des sébiles. Ils affichaient leur misère sur des écriteaux et grignotaient des morceaux de pain sec. La foule, avide et âpre aux meilleurs prix, en quête de soldes et de ristournes propulsait Amar par à-coups.

Dans cet inexorable courant il se laissa porter, l'imagination émoustillée par le hasard des découvertes. De cette enceinte moyenâgeuse s'élevait vers l'azur l'immense clameur du pays d'Artois, qui, à l'aide de son patois fleurissant toutes les bouches et auquel Amar ne comprenait que dalle, manifestait sa liesse et son originalité.

Un glaçant suaire saisit Amar à la nuque et lui mordit cruellement les oreilles. Il eut beau les frotter vigoureusement, rien n'y fit. Il en résulta des picotements acérés qui l'obligèrent à remonter la Grand-Rue. Elle l'aspira dans son goulet mercantile.

Le nez aux vitrines, les commerçants doraient leur devanture de parures prétentieuses. Noël à l'horizon ! Plus rien n'arrêtait la débauche du stuc. Les fards grossiers faisaient la lippe orgueilleuse. Des gibiers sanguinolents pendouillaient aux échoppes des bouchers. Dessous, des flaques fumantes aux vapeurs douceâtres se figeaient en épais caillots de sang, dont des corniauds affamés, tout en se rougissant les babines, se faisaient un régal.

La mairie fêtait, elle aussi. Festons et sapins aux quatre coins de la ville. Mais l'avenue principale était particulièrement bien soignée : la sainte famille tout entière, réunie en guirlandes électriques se balançant au-dessus des passants, entamait le décompte sacrificiel de la fête de la miséricorde.

Amar s'arrêta chez « Baltazar », où un ami de Gérard servait. Il s'installa face à la grande baie vitrée qui donnait sur le croisement des deux artères les plus fréquentées de la cité. Hors de ces lieux, le désert !

Il commanda un chocolat au kirsch. Le corps calé dans une chaise western, il le but à petits coups brûlants. Puis il se reput du train-train quotidien défilant à la vitre. Ce va-et-vient continu lui inspirait des questions : « Ces gens qui passent sans me voir ! Sauront-ils jamais que j'existe ? Que ma vie est intimement liée à la leur ? Qu'ils le veuillent ou non. Je suis là, avec eux dans mon regard et moi dans le leur. Bien sûr ils refusent encore, mais peut-on empêcher longtemps un fleuve d'aller à la mer ? »

Son attention fut captée par une petite femme fluette aux traits tirés. Essoufflée, elle ahanait sous un énorme carton qui l'écrasait. La démesure de la parodie tenait dans l'excessive ampleur du fardeau par rapport à la chétive créature. Une fourmi ! Comparaison aisée ! Mais la frénésie qu'elle mettait à transporter ce colis paraissait si déraisonnable. Elle filait sur le trottoir en ne se ménageant aucun répit. Le regard fixe, droit devant elle, véritable Sisyphe de la société de consommation, elle n'obéissait aveuglément qu'à une seule information : entasser !

Ce remue-ménage agaça Amar. Il porta son cafard sur l'animation du café. Le bistrot pullulait de joueurs de quarté. Turfistes lisant et griffonnant les journaux spécialisés. Regards vagues animés d'une lointaine espérance : quelques gains arrachés à la chance. Existence sans plaisir des fuyards de la certitude.

Amar régla sa « toulousaine » et s'enfuit de ce tombeau à toutes jambes, assez inquiet sur l'avenir du monde. Tous ces zombies lui donnaient la chair de poule. L'angoisse du vide ! Quelle pourriture pouvait donc bien leur manger la tête ? A ce point d'inactivité, il pouvait raisonnablement se demander à quoi tout cela servait. Dans ces moments-là, quand la peur l'étreignait ainsi, secrète et visqueuse, lui suçant sourdement l'espérance, il ne trouvait de réconfort que dans la lecture. Là, au moins, l'avenir prenait corps.

En état de stress avancé, et pour des raisons de sauvegarde de son espèce, il atteignit la bibliothèque comme un nageur exténué parvient à un îlot. Le regard peu avenant de l'hôtesse le perça d'entrée. Il incarnait le parasite type venu chercher de la chaleur dans les salles de lecture. Au premier coup d'œil on voyait qu'il était pas le genre à venir plancher sur une thèse. Pour elle, son compte était bon. Il n'eut pas le courage de demander le moindre renseignement. Sa dégaine ne plaidait pas en sa faveur. Dire que les politiques désiraient que la France lise ! Fallait instruire le personnel de l'intention. Ici, il avait l'impression qu'ils conservaient jalousement un important trésor. Loin de la lecture pour tous, sans distinction d'habit, pour ne pas écrire autre chose.

Les fastes qui avaient présidé l'émancipation des connaissances avaient aussi rejoint les étagères de cette bibliothèque depuis bien des lustres. On en retrouvait des traces du côté de l'antiquité. Dans cet endroit austère fallait mériter. C'était là un des exemples des effets pervers de l'affranchissement populaire. Comme un méchant mal mystérieux rongeant les matières les plus nobles. La rouille !

Ses premiers pas dans l'enceinte poudreuse firent craquer le plancher et rougir d'indignation la « caissière ». « Tout de même, pensa-t-il, j'me fais des idées ; les gens ne me connaissent pas, ils ne peuvent pas m'en vouloir ! »

— Chut !!! siffla-t-elle, haineusement.

Amar s'installa dans la pièce aux magazines et journaux. Il déplia sans conviction de minces feuilles de choux. Des encarts publicitaires de victuailles et autres tripailles dévoraient les quotidiens. Il sourit benoîtement en imaginant Gérard cuisinant toute cette marchandise.

Le crépuscule allongeait les silhouettes tandis qu'au lointain les grandes façades des maisons bourgeoises s'embrasaient sous l'effet des feux du couchant. Amar emprunta des ruelles étroites et puantes. Des cheminées poussives, haletantes, expiraient des escarbilles étincelantes. De brusques coups de vent rabattaient vers le sol d'épaisses fumées de suie. Les murs biscornus, rongés par la lèpre, toussotaient. Un bistrot borgne battait la semelle à l'angle d'une rue sans nom. Son fronton délabré repoussait les non-habitués. Amar y entra.

Des gars tapaient la belote tandis qu'une télé couleur suspendue au-dessus du comptoir racontait des histoires en piaillant. Amar s'installa près du poêle à charbon pour consommer un vin chaud. Le feu cuisait son dos. Il en acceptait la douce morsure qui le faisait frémir d'aise. Ses yeux plissèrent, marquant ainsi l'intense plaisir qu'il éprouvait. Soudain, un œillet de plastique, lancé d'une gentille pichenette, vint l'atteindre droit entre les yeux. Son étonnement le fit soubresauter et amusa la cantonade.

— Touché ! lança en riant aux éclats une gitane.

Elle appartenait à ce groupe rieur qui s'empiffrait de merguez et de bières, au fond du café. Amar rit aussi, et la clientèle reprit ses occupations. La femme s'assit en face de lui.

— Tu as l'air malheureux ! Donne ta main gauche j'vais te dire ton avenir.

— Non ! Non !

— Mais si ! Ne crains rien. C'est gratuit pour toi.

Amar lui tendit la main gauche autant pour être tranquille que par crainte. Une certaine pointe de curiosité aussi. La gentillesse de la fille l'incitait à jouer le jeu. Aucun préjugé ne l'asservissait à cette communauté. La fille laissait après elle un fort parfum musqué et les couleurs chatoyantes de sa robe séduisaient Amar.

Le visage grave et sur un ton sentencieux elle déclara :

— Tu as encore une longue route devant toi. Avec bien des difficultés. Tu auras un grand chagrin d'ici peu. Mais tu triompheras de tes ennemis. Compte sur ma prière !

Amar devant le sérieux de ses oracles n'osa pas plaisanter. Il la remercia et celle-ci durant tout le temps qu'il resta dans le bistrot ne cessa pas de lui adresser de gentils sourires.

Ce fut dans un froid polaire qu'Amar regagna l'hôtel. Il était resté jusqu'à la fermeture dans ce petit troquet. L'ambiance, les joueurs de cartes, des gens à qui parler, tout cela l'avait retenu dans ce bazar. Tout de même il avait eu un mal de chien à retrouver sa route et quand il parvint au « Point du Jour », la porte était fermée.

— Merde ! Qu'est-ce que je vais foutre ? Et j'ai pas de clef. Ça, la gitane l'avait pas vu.

Il se parlait à lui-même et rageait contre son étourderie. La chambre donnait sur la cour intérieure. Il lui était impossible de crier sans réveiller le patron. Ce qu'il ne fallait surtout pas faire s'il ne voulait pas se retrouver à la porte pour de bon. Il y avait bien la fenêtre d'Adèle qui donnait sur la rue ; il tenta quelques jets de gravillons. Sans résultat ! Elle devait cuver son alcool, à mille lieues d'imaginer Amar dans la rue à cette heure-ci.

— Merde de merde ! Quel couillon je fais ! J'vais claquer comme tous ces pauvres types. Qu'est-ce que j'vais foutre, Bon Dieu ?

Il songea à la salle d'attente de la gare. Une ressource possible !

Une veilleuse crachotait bleuissant. Au centre un double banc, et sur le côté des chaises éparses. Amar s'allongea sur le banc. Quelques affiches vantaient les mérites de la SNCF. Les murs gris, salis de nicotine, s'écaillaient aux angles. Deux belles photographies évoquaient la plénitude des vacances à la montagne et à la mer.

La fatigue et les brumes de la bière commencèrent à diluer sa pensée. Il se tourna et s'installa sur son côté droit, le visage tourné vers la porte. Son ventre gargouilla ; flic-floc fit la bière parmi les méandres de sa boyauterie. Une désolation ! Il soupira et jura à haute-voix. Alors que le sommeil le gagnait et qu'il fermait les yeux, le trait d'une lampe torche lui éclaira la face. Un homme fit irruption dans le local et alluma les néons qui papillonnèrent à ses yeux.

— Qu'est-ce que vous faites ? questionna Amar intrigué qui s'assit sur le banc.

— C'est plutôt à moi de te poser la question.

— Ben vous le voyez ! J'dors.

— Eh là ! Sois poli, tu veux bien, sinon j'appelle les flics. T'as rien à foutre ici. C'est une salle d'attente pas un asile de nuit. Moi j'suis employé ici. Tu vois c'que j'veux dire. Alors si t'as rien à foutre ici faut décamper. Le prochain train c't'à six heures pour maintenant.

— Justement, c'est ça, j'attends le train de six heures.

Le ton du cheminot se fit agressif. La lampe brandie comme une arme fixa Amar, menaçante. L'homme dégageait une forte odeur de pieds et de vin. Il était chaussé de charentaises et portait sa casquette rejetée en arrière, sur son crâne. Il était grotesque mais Amar se méfiait de ce genre de bon père peinard. Il se fit plus doux dans ses propos.

— Ecoutez monsieur, j'vis près d'ici chez un ami. J'suis sorti plus tard que prévu et j'me retrouve à la rue. Si ça ne vous ennuie pas que je reste ici cette nuit, ça me rendrait bien service.

Le type se gratta le front. La présence d'Amar le gênait quelque part.

— Il fait très froid dehors. J'pourrais en mourir si vous me jetez, insista Amar légèrement plaintif.

L'autre dansa sur place, visiblement indécis.

— C'est pas ça ! C'est pas ça ! J'ai pas envie d'avoir de problèmes. Il y a déjà des drogués qui sont morts ici. Tu comprends, j'ai des ordres. J'ai pas envie d'être emmerdé.

— J'peux vous assurer qu'vous n'aurez pas d'ennuis avec moi. C'est juste pour cette nuit. J'suis à la porte. Ça peut arriver non ?

Le gars piétina encore.

— Bon d'accord. Mais fais pas le con. Pour cette nuit ça va. Mais n'y reviens pas.

— J'vous remercie monsieur. Vous n'aurez pas d'ennuis.

Le veilleur éteignit les lampes et partit. Amar s'endormit tranquillisé...

Alors qu'il était en prise avec le père de Lise qui ne voulait rien entendre de ses intentions envers sa fille et qui le secouait même :

— Papiers ?

— Hein ! Comment ?

De nouveau la lumière des néons lui brûla les yeux. Devant Amar ensommeillé se tenaient deux agents de police qui le rudoyaient. Derrière eux, le cheminot goguenard lui dit :

— Si tu crois que tu m'as pris pour un con avec ton histoire d'enfoiré !

— Papiers ! répéta incisif le sergent de ville.

Amar sortit sa carte d'identité en la tendant maladroitement. Un des deux gardiens se plaça devant la porte d'entrée comme pour l'empêcher de fuir ou d'être vu de quiconque. Celui qui faisait face laissa tomber la carte d'identité.

— Dis, tu te moques de moi ? Ramasse ce chiffon. Vite ou j'me fâche.

Amar s'exécuta. Lentement, apeuré en présence de ces délurés.

— T'es français ? Avec un nom pareil tu serais pas un peu youpin ?

— Mes parents sont algériens. Mais j'suis né en France.

— C'est pareil, vous êtes tous de la même race d'emmerdeurs.

— Mais j'suis français.

— J'savais qu'il était pas catholique, pouffa le cheminot.

— Bon vide tes poches ! J'vous connais les bicots. Vous êtes toujours entre deux mauvais coups.

Amar de plus en plus impressionné vida le contenu de ses poches qui ne révéla pas grand-chose.

— Lève tes bras maintenant ! On est la police ! On fouille. On fait notre boulot quoi. Vous les « crouilles », on devrait rétablir le couvre-feu pour vous. Comme au bon vieux temps.

— Mais j'suis innocent ! paniqua Amar.

— Ta gueule ! On t'a demandé quelque chose ? Si tu la ramènes j'risque la bavure, hurla le second policier resté à la porte et qui en voulait aussi pour son argent.

Voyant que ça dégénérait, le délateur leur demanda de sortir et de continuer dehors si ça les arrangeait. Pour lui c'était suffisant. C'était plus de son ressort.

— Allez, t'as entendu bicot. Fous le camp ! T'es pas fier là. T'es tout seul. Tu ne la ramènes pas, hein ? Allez, tire-toi avant qu'j'me fâche pour de bon. Et qu'on te retrouve pas cette nuit !

Amar claquant des dents s'enfuit vers l'hôtel. Devant celui-ci, désemparé, il s'appuya contre la porte qui glissa lentement sur ses gonds en couinant légèrement. Elle n'était que repoussée.

Quand il entra dans la chambre, Gérard bondit du lit en rugissant :

— Bordel ! Qu'est-ce que t'as foutu ? Quand tu sors préviens. Mais qu'est-ce que t'as ? T'es pas bien ?

— Putain ! J'reviens de loin dis-donc. J'me suis fait contrôler par les poulets. Des ordures !

— J'te l'avais dit de te méfier des flics. Des vrais enculés par ici.

— Quand tu penses qu'à tout moment ils peuvent te flinguer ces enfoirés. Et ils auraient encore raison. Tu parles d'un pays de liberté !

Chapitre XIII

Amar était allé au rendez-vous fixé par Nanard. Le « patron » du groupe n'avait fait aucune difficulté pour l'employer. Amar ou un autre, peu lui importait. L'essentiel étant qu'il soit capable de connecter l'appareillage sur la force sans le faire sauter, ni se griller lui-même. Pour le reste, n'importe quel connard musclé aurait fait l'affaire.

Effectivement, Jo n'avait cru si bien dire. C'était ce qu'Amar pensait tandis qu'il déchargeait la camionnette regorgeant d'instruments flambant neufs valant certainement une fortune. Un vrai truc de professionnel ! Amar en aurait chialé tellement il suait à ces précautionneux efforts. Pour parvenir jusqu'à la scène du dancing il lui fallait emprunter un lacis de coursives encombrées. Les amplificateurs semblaient peser une tonne entre ses bras maigrelets et chaque coup qu'il se portait à buter dans la pénombre semblait renforcer la lourdeur des engins. A en braire !

Les musiciens commencèrent à préparer leurs instruments pour s'attaquer à l'ultime répétition.

— Bon écoute Amar, j'vais te montrer pour l'éclairage. Il y a pas grand-chose à faire, c'est de l'électronique. Mais faut pas que tu te goures dans les fils. Viens voir !

Amar s'approcha de Nanard qui lui enseigna la

manière. Il n'y avait qu'à brancher les fils sur les différentes consoles et ensuite sur le secteur. Les projecteurs aux nuances colorées se déclenchaient d'eux-mêmes. Ils étaient réglés sur le jeu des « Lemmon's Men ». Comme le nom du groupe l'indiquait, l'effet le plus spectaculaire devant être produit par une irradiation jaune citron couvrant d'or toute la salle dans les instants de paroxysme musical. Une trouvaille de Jo ! Un prophète en la matière. On disait de lui qu'il avait travaillé sur les plateaux techniques de la télévision.

— Bon ! T'as pigé ? C'est pas dur, hein ? Si t'es emmerdé demande plutôt que de faire des conneries.

L'orchestre travailla quelques morceaux tandis qu'Amar se désaltérait au comptoir de la discothèque. Il buvait une canette de bière bien fraîche tout en observant les gars sur le ring. Dans l'ensemble c'était pas mal. Nanard avait une voix mélodieuse. Il émanait de sa personne un rayonnement spécial. Il vivait ! Son visage délassé prenait une beauté sereine évacuant toute compromission.

Amar se sentait bien. Fugitive sensation. Deux cents francs par week-end, repas compris ! Il pourrait même continuer quand il aurait trouvé du boulot. La musique de variétés l'emmerdait un peu, mais il avait une certaine compassion pour les salles de bal. Ça restait dans le sympathique, selon lui. Toutes ces tables vides, présentement, qui s'agglutinaient pitoyablement, attendaient le signal des lumignons pour se dorer un peu.

— Allez ça suffit les enfants ! Quelle heure il est ? demanda Jo.

— Huit plombes ! répondit Henri le propriétaire phallot du dancing.

— C'est l'heure de la bouffe les gars. Tout le monde à terre !

Face au dancing, une brasserie nickel, passée à l'abrasif, crachait son feu dans des ornements carnavalesques. L'enseigne « Au Pacifique » à la manière des racoleurs de la place Pigalle, faisait de l'œil aux passants. La devanture peinturlurée sur fond noir et rouge s'agrémentait d'ampoules électriques scintillantes. Tout cela formait une girandole phosphorescente vers laquelle d'anonymes noctambules affluaient.

L'intérieur n'avait rien à envier à la façade. Trônant au beau milieu de la pièce, un gigantesque bar représentant une galère avec en proue une pulpeuse sirène affrontait une pléthore de « barmen ». Ceux-ci, plateau en main, par des courses échevelées et ininterrompues, cavalaient après leur salaire. Ils hurlaient des commandes à un capitaine de forte stature qui comptabilisait au tiroir-caisse toutes ces folies nocturnes. C'était Julo la Bétourne, au plus fort de la tempête ! Il matait ce maëlstrom à coup de pintes de bière ambrée et mousseuse ruisselante sur son imposante moustache rousse rehaussée par d'épais favoris. Un bicorne tricolore le coiffait. Amar sut plus tard qu'il ne le portait que dans les grandes occasions. Ses grands soirs ! Lorsque les affaires étaient à la fête et qu'il lui fallait hisser les couleurs, car le souvenir de la fuite de sa femme le mettait en émoi. Dans ces moments-là, il embarquait dans son vaisseau un grand nombre de marins avec lui. Et à la fermeture de son troquet, ils traversaient ensemble des océans d'amertume aux vagues mugissantes. On pouvait alors les voir pourfendre les imposteurs et les impies grimpés sur des chaises, les yeux révulsés et la bouche baveuse.

Le groupe s'installa en réunissant plusieurs tables. Julot, à l'aide d'un porte-voix leur souhaita la bienvenue. La cuisine leur était ouverte ainsi que les bondes de ses tonnelets ! Pour l'orchestre ce soir le crédit était sans limite. Ils amenaient de la clientèle ? Qu'ils en jouissent aussi un peu. Julot fit jurer au groupe qu'il viendrait terminer la soirée chez lui, autrement pas de nourriture. Ils promirent la main sur le cœur !

La jovialité de l'ambiance gagna les musiciens qui buvaient beaucoup. Jo, emporté par la liesse, tapota l'épaule d'Amar :

— Alors qu'est-ce t'en dis mon p'tit gars ?

Amar enthousiasmé éructa :

— Formidable ! C'est super ! J'ai jamais vu un truc pareil. C'est complètement dingue ici.

— Et t'as pas tout vu ! Jo le regard allumé s'enflamma. Tu sais je roule depuis soixante-huit. J'en ai vu passer des modes. Comme tu vois, j'suis toujours là. S'adapter ! C'est ce qu'il faut. Le genre intello ça donne rien par ici. Pas que les gens soient plus cons qu'ailleurs. Non ! Tu vois en fait, par ici, on sait bien qu'il faut pas se braquer sur des idées toutes faites. C'est l'action qui compte. Ici il faut du hit-parade ! D'accord c'est de la merde. Tout le monde te le dira. Mais si on ne joue pas ça, on est viré. J'te dis, par ici ils se prennent pas au sérieux. Tu verras tu seras bien avec nous.

Jo se leva et porta un toast en l'honneur du nouveau. Il lui souhaita la bienvenue au nom du groupe. Julo tint à s'associer et exigea de faire un discours. Après bien des verres et la promesse tenace de revenir, ils se séparèrent de la brasserie.

Une foule considérable ondulait à l'entrée du dancing. Les gens applaudirent quand les gars empruntèrent l'entrée des artistes.

— Ben dites donc, vous êtes des caïds par ici ! plaisanta Amar.

— Plus que ça ! On est les idoles du coin. Tu verras tout à l'heure comme ça chauffe. Tout de même faut dire qu'il n'y a rien à moins de trente kilomètres. Et comme on est là trois week-ends sur quatre, ça crée des liens. Ah ! Ah ! Ah !

Jo en riant se dandina et sa fine moustache frisotta sur son visage lunaire. Il prit un air suffisant et c'était pas ses Ray-Ban qui auraient pu changer quoi que ce soit à son look.

Une désagréable contracture au niveau de l'estomac saisit Amar. Il était vrai que Jo se donnait pour ce qu'il était, mais Amar désapprouvait ce discours, dans son ensemble, sans trop savoir pourquoi. Simplement ça lui était physiquement insupportable. Il ne trouva rien à redire. Alors il rit lui aussi, laissant la bière et ses effluves parler pour lui.

Jo lui passa la main dans les cheveux en l'agitant et lui dit :

— Tu me plais va ! T'es encore jeune ! Tu sais j'aime bien déconner. Prends pas trop au sérieux ce que je te dis. Sacré connard va !

L'équipe endossa sa tenue de scène : pantalons rouges et chemises jaunes à paillettes d'argent. Ils laquèrent leur tignasse et réglèrent une dernière fois leurs instruments. Dans un coin sur l'estrade, un électrophone diffusait à tue-tête une musique tapageuse. La foule pénétrait la salle à porte-tambour. Progressivement elle envahissait les espaces réservés aux clients, mettant des corps sur ces chaises disséminées autour de la piste de danse, comblant des vides à chaque entrée.

Neuf heures précises ! Les « Lemmon's Men » prirent place. Plein feu sur le groupe. La soirée démarra sur un rock très rapide. Toute la salle se précipita sur la piste. Jo leur pria la bienvenue. Il souriait béatement ! Ça s'annonçait comme il aimait.

Amar descendit de la scène. Maintenant que c'était en route il n'y avait plus qu'à attendre la fin de la soirée. Il se dirigea vers le bar. Aire de prédilection des hommes seuls en quête de compagnie. De ce perchoir ils épiaient toute la salle. Rien n'aurait pu échapper à leur vigilance ! Calmement, sirotant d'un air goguenard mais attentif, ils examinaient chaque table et autres recoins à la recherche de leur bonheur. Leur instinct de prédateur les avertissait du moindre signal auquel ils répondaient en fondant sur la personne concernée. Oiseaux de proie parés de beaux oripeaux, ils faisaient la roue. Enfantin tout de même ! Une adolescente qui n'en finissait pas de s'éterniser. La crainte du vieillir ! Pourtant d'un âge assez avancé, cette clientèle confuse se plaisait à mimer ce que par ailleurs elle n'hésitait pas à fustiger.

Amar laissa planer son regard sur l'imposante assistance. Grouillante ! Il lui fallut du temps pour s'habituer à cette foule contorsionnée et distordue. Au passage il reconnut Francis, un copain de bistrot qui transpirait à grosses gouttes face à une jolie blonde. Il paraissait peu sûr de lui. Soudain, au cœur de la cohue, il perçut l'Anar !

Celui-ci s'était vêtu d'une cape noire à la doublure rouge grenat. Il dansait seul le « hip-hop » en prenant des poses extatiques. Chacun de ses mouvements saccadés libérait son corps de la cape. Les bras tendus vers le haut il faisait voleter l'habit. Amar éprouva un réel contentement de le savoir là. Il s'habituait à l'Anar dont les apparitions de nuit au café ne le laissaient pas indifférent.

Amar s'adossa dans un coin du comptoir. Henri lui offrit un whisky. Les morceaux de musique se succédèrent à une cadence effrénée. On passait des rocks les plus durs à des slows sirupeux. Là, les corps s'assagissaient et leurs doux frous-frous s'enlaçaient parmi les lourdes senteurs des eaux de toilette du soir. Un projecteur déchirait la pénombre de la salle de son trait de feu et fouillait le plafond à la recherche de la boule de cristal. Il en extirpait une myriade de papillons argentés. Les respirations se faisaient plus fortes et les aisselles mouillaient le linge. La fête battait son plein.

— En un mot le monde n'est que changement et la vie qu'opinion. La main sur l'épaule d'Amar, l'Anar lui souffla ces mots directement dans le creux de l'oreille.

— Allez buvons beaucoup de bière pour oublier cela.

— Content de te voir l'Anar ! En forme, à voir.

— Toujours digne dans les agapes !

L'Anar fit mousser sa canette. Cela eut l'air de l'amuser terriblement.

— C'est quoi ton vrai nom ? Pourquoi l'Anar ?

L'Anar laissa passer du temps avant de répondre. Il avait l'air de chercher ses mots.

— T'occupe ! L'essentiel pour l'instant c'est que l'on m'appelle ainsi. C'est mon vrai nom. Celui du moment. On devrait avoir le nom du moment. Celui qui convient le mieux à ta personnalité de l'instant. Plus tard on m'en choisira un autre. Tout ce qui arrive à chacun est utile à l'univers et cela me suffit. Mais on peut encore aller plus loin et ajouter que si on prend garde à tout on trouverait que ce qui est utile à un homme est utile à tous les autres hommes. Ce mot utile est ici employé dans un sens commun et général. Par exemple, toi pour l'instant tu t'appelles Providence. Et cela pour l'univers tout entier. Parce que la démarche que tu entreprends nous intéresse tous pour ce que nous sommes. Au fait tu aimes les Arabes ?

Amar fut surpris de la question. Il regarda son ami pour s'assurer qu'il ne se moquait pas de lui. Nul doute ! Bien plus son air soudain grave l'inquiéta.

— Qu'est-ce que t'as ?

— Regarde !

Dans le fond de la salle deux types d'allure athlétique, vêtus de vêtements de cuir, entreprenaient d'une manière peu cordiale un homme dont le « type » méditerranéen ne faisait aucun doute. Ces hommes-là semblaient fort nerveux. Les deux costauds agitaient leurs poings bagués sous le nez de l'autre totalement effrayé. Ses yeux apitoyés cherchaient du secours dans la salle.

Mais les gens s'étaient écartés en ayant pris soin de tourner le dos à cette séance.

— Tu vois ça ! J'ne supporte pas. C'est ma liberté qui est en jeu.

Amar frissonna.

— T'affole pas l'Anar. Peut-être ils se connaissent. Une querelle entre eux. Probablement rien de sérieux.

— Tu crois ça, hein ! A deux sur un gars et ce serait normal. J'vais leur demander ce qui ne va pas. Ça m'inquiète des choses pareilles. Il ne sera pas dit que je regarderai des trucs pareils sans broncher.

— T'énerve pas. Préviens le patron.

Amar craignait les histoires. Avec le souvenir de la gare il en avait soupé de la police. Il était préférable qu'il ne soit mêlé à aucune rixe, pensait-il.

— Ecoute, pour ce qui me concerne, seuls les autres existent. Moi je ne suis rien sans les autres. Ma réalité se trouve en eux. Tu comprends ça ? La qualité de mon existence passe par-là. C'est mon exigence. Et ce qui est valable pour l'un, l'est pour l'autre. Sans distinction ! Mon unique raison d'être, c'est les autres. T'as entendu parler de la guerre quarante et des déportations ? C'est le même état d'esprit qui présidait. J'ne peux pas laisser brutaliser un homme en ma présence. Il y va de mon intelligence.

A ce moment précis l'Anar s'élança, traversant la piste de danse comme un forcené, obligeant le passage de ses mains et de ses coudes. Sa cape noire virevoltait autour de lui et ce fut en poussant des cris de chouette qu'il s'approcha du groupe de bagarreurs. Maintenant les deux hommes frappaient l'autre allongé à terre. L'un de ses pieds, l'autre armé d'une matraque. Le type hurlait tant que sa plainte semblait couvrir le vacarme du bal.

Les « Lemmon's Men » jouèrent plus fort. Le son ainsi survolté actionna l'électronique qui propulsa en vrombissant les projecteurs. Ils irradièrent d'or la salle tout entière qui poussa un profond soupir de soulagement. Ebahis, l'orgasme accompli, les gens tapèrent des mains. Personne ne se souciait de cette misérable rixe qui poursuivait sa lamentable vie dans les toilettes du dancing. L'Anar avait chaussé de fausses dents de vampire et chuinta lorsqu'il voulut parlementer avec les petites frappes.

— A quoi ça vous sert de cogner ce type ?

— J't'emmerde abruti. Si t'es venu pour pisser, fais vite. Lui ça nous regarde c'est pas tes oignons.

— Justement j'crois que ça m'intéresse.

Son interlocuteur n'eut pas le temps de parer le coup de tête que l'Anar lui projeta en pleine poire. Le nez éclaté laissa couler le sang vermeil.

— Alors qu'est-ce que t'en penses ? demanda l'Anar, un cran d'arrêt à la main en s'approchant du second. C'est plus simple sur un homme sans défense. N'est-ce pas ?

Et il porta un coup de lame dans le bras de l'homme qui laissa tomber sa matraque.

— Maintenant tirez-vous. Si j'vous revois par ici, j'en rétame un pour le compte.

Amar qui avait assisté à la fuite des deux salauds sortit s'aérer. Lorsqu'il revint l'Anar avait disparu. Un arrière-goût vaseux lui rendit sa bière insipide.

Comme convenu le groupe termina la soirée chez Julot. Celui-ci soliloquait dans sa chaloupe, la tête brinquebalante. De temps à autre il hoquetait dans son porte-voix une sorte de bouillie incompréhensible. Personne n'y prêtait attention. On sentait l'habitude. Le personnel assurait le train. Ils envisagèrent de fermer la boutique.

Dehors il gelait à pierre fendre. Sur le chemin du retour le chauffeur se montra prudent. Leurs lourdes haleines chargées d'alcool embuèrent les vitres. Amar suivit des yeux la lune sautillante. Pastille d'argent palpitante dont la clarté découpait en surexposition un paysage fantastique d'ombres chinoises. Effrayante lanterne magique !

Pour Amar cette constellation cachait en ses replis nocturnes une chose atroce qui sommeillait encore dans le cœur des hommes : le sacrifice. Etait-ce un rappel horrible aux fantômes de son enfance ? A ces inquiétantes histoires qu'on lui avait racontées jadis ? Toutefois il savait qu'il ne serait jamais plus tranquille. Il avait ressenti dans sa chair une profonde douleur qui l'humiliait.

DEUXIÈME PARTIE

« Non, nous ne valons pas mieux que notre vie et c'est par notre vie qu'il faut nous juger, notre pensée ne vaut pas mieux que notre langage et l'on doit la juger sur la façon dont elle en use. »

Jean-Paul SARTRE,
Qu'est-ce que la littérature ?

Chapitre premier

La ville supportait de plus en plus mal l'hiver et ses affres douloureuses. L'engourdissement de ses artères, la progressive paralysie de son commerce, inquiétaient, voire paniquaient les marchands de la cité. On eût cru le cerveau de toutes les têtes frappé d'hébétude par une sorte d'effet rétroactif dû au froid. L'engelure cérébrale ! Les manifestations de déplaisir qui se lisaient sur la face des quelques rares passants assez hardis pour s'aventurer dans la rigueur, indiquaient que le « seuil du supportable » était atteint. Le seuil du supportable ! Expression qui ne cessait d'envahir de son incessante logique les lieux publics où ça parlait. Chacun y allant de son couplet, voulant à toute fin, preuves scientifiques à l'appui, prouver « qu'il savait ». Le seuil du supportable, donc. Oui ! L'hiver dépassait les bornes ! Déjà qu'il était arrivé sans prévenir. Maintenant il ne désirait plus s'en aller ! Où allait-on ? Bien sûr fallait un hiver ! Ça coulait de source. Car après l'hiver il y avait le printemps. C'était ainsi depuis toujours ; aucune raison pour que ça change. Mais un hiver raisonnable, grand dieu ! Dans ses limites ! Juste ce qu'il fallait à la nature pour refaire son cycle. Qu'avait-on besoin de zèle ? Point de fantaisie ! Il devait s'en aller maintenant qu'il avait rempli sa tâche. Mais non ! Il s'entêtait.

Cette population-là était connue pour savoir garder son sang-froid. Eh bien malgré cela on avait vu des pauvres retourner aux églises pour y brûler des cierges et s'étourdir dans d'interminables prières. Chaque matin voyait son lot de misérables raidis dans des poses extatiques. La mort les avait trouvés ainsi, sans défense, offerts et murmurant. En procession donc ; ils affichaient leur réelle colère contre une nature qui somme toute n'avait rien à voir avec leurs ennuis d'argent. Mais la fuite dans l'irréel, tellement plus confortable, donnait aux imbéciles l'occasion de parader. On fit appel, par esprit positivant, au nonagénaire de la commune. L'ancien ! Celui qui forcément saurait. Il fut consulté. C'était une espèce de vieillard tressautant, illettré, survivant dans un hospice. Tout étonné que l'on s'intéressât enfin à lui il fit l'intéressant. Il en profita pour réclamer d'avance du chocolat et des cigarettes. Denrées toujours aussi rares que pendant la guerre pour les pensionnaires de ces maisons-là.

La ville sembla soudain aller mieux. On supputait les causes de cette gelante intrusion. Fallait encore supporter un peu, mais ça finirait par s'arranger. « Comme en quarante, disait Adèle. Avec les gris c'était pareil. Une fois que les gens savent, ils se font à tout. Ce qui compte avant tout c'est leurs petites affaires. Le reste ils s'en foutent. Peu importe l'esclavage, ce qu'ils veulent c'est l'assurance que demain ça continuera comme hier. Le sur-place ! La stabilité pour bouffer tranquille. »

Adèle qui savait tout parce qu'elle avait beaucoup vécu, toussait de plus en plus, avec acharnement, tant, qu'elle en crachait du sang. Cette morve ainsi lâchée allait rouler sur la sciure en petits caillots sanguinolents et jaunâtres. Gérard protestait.

— T'es dégueulasse Adèle ! Merde !

— T'occupe jeune con. J'balaye non ? Quand j'serai crevée, tu pourras chialer.

Puis elle prophétisait de cette parole de ceux qui n'ont rien à perdre et surtout pas de temps à perdre en connerie ni banalité. A rapprocher de la « parésia » de Foucault.

— Tu sais Amar, ce n'est pas le verbe qui fait le monde. C'est la connerie ! Elle s'est faite elle-même en faisant le monde. Elle y est incrustée. Tu l'enlèves il n'y a plus de monde possible. Faut que tu comprennes cela. Sinon tu te casseras toujours les dents sur des riens. Cette ville espère qu'elle n'a rien à voir avec les autres villes et ses habitants non plus. Ils sont ambitieux, bêtes et peu scrupuleux. Fétichistes aussi ! C'est tout de même la patrie de l'être suprême. Celui qui s'inspirant de Rousseau pensait « les foules imbéciles ».

Elle crachait toujours ; plus âpre, plus rauque. A midi sonnant, Amar écarta les rideaux du café. A cette heure magique, la clarté du jour accentuait une certaine désolation minérale. Le temps figé au-dessus de leurs têtes agaçait d'un bourdonnant silence les gestes les plus simples. A l'intérieur il n'y avait guère que deux ou trois consommateurs affalés qui retenaient leur souffle en buvant sans bruit. Invisibles ! Non vus, non existants. Un pâle reflet, dégagé par le geste d'Amar, retint sur les tables en formica des auréoles. Ces tables semblaient ne pouvoir jamais avouer la honte de leur brutale rigidité. Leur lustrage les préservait, pensaient-elles. Mais les marques d'acidité embuaient leur vanité. Là aussi la vie s'installait modestement. Dans ce désert Amar saisissait le poids de son existence.

Adèle éructa bruyamment :

— Chiotte ! Encore ratée.

Elle tripotait avec lassitude un jeu de cinquante-six cartes. Elle étalait ses personnages hauts en couleurs dans une sorte de ronde, puis pianotant de son long doigt suifeux elle comptait cinq pour s'arrêter sur l'un d'eux. Là une attente fiévreuse, frissonnante. Elle déchiffrait le code d'elle seule connu. Ces jours-ci elle calculait la date de sa mort qu'elle savait certaine. La pesante certitude, loin de l'effrayer la rendait gaillarde. Quitter cette pourriture ! La purulence des cons à la démocratie majoritaire. Joviale ! Triste aussi, car il y en aurait pour tripoter son cadavre.

— Tu vois Amar, j'aimerais claquer quand tu seras là. J'laisserai mes dernières volontés à qui de droit pour que ce soit toi qui t'occupes de ma dépouille. J'serai pas belle tu sais. Mais si tu sais lire sur ma tronche, à ce moment-là, j'suis persuadée que tu sauras...

— Triche Adèle ! C'est plus sûr, susurra Gérard en rigolant bruyamment.

— Vas te faire foutre, p'tit enculé, lui répondit-elle.

Amar sortit pesamment du bistrot surchauffé. Une intense douleur lui broyait la tête. Ce parking de l'ennui le dégoûtait. Une vague odeur nauséabonde lui chatouillait les narines. Tout semblait être fait pour aggraver sa solitude. Toutes ces tronches de paumés qu'il croisait à longueur de journées stériles le laissaient sceptique. Il se voyait rejouant à l'escargot dans ce trou putride. Seul ! Sans personne pour comprendre sa désespérance. En pensée il s'accrochait au souvenir de Lise. Mais maintenant elle lui paraissait si loin cette histoire. Comme une dérision ; le visage de son amie, encore parfois entrevu, grimaçait aux soupiraux de sa chute. Quelques ombres fugaces, spectrales, glissaient au bout de son horizon. Elles lui disaient que c'était sa vie qui passait et qu'il fallait bien faire avec. S'accrocher à ces défroques, à ces lambeaux, bandes de gaze pourries des momies. Son père savait ce qu'il faisait en le poussant hors de la maison. Et pourtant, se disait-il, c'était bien pour Lise qu'il était ici. Lise, fille du colonel de la place d'Arras, chef-lieu du Pas-de-Calais, France. Sa tête hurlait comme une tête de mort, laissant apparaître ses dents jaunies de nicotine. Il la trouvait merdique sa jeunesse ! Guère plus enviable que n'importe quelle autre jeunesse ou vieillesse. La survitude ! A la laisse ! A la traîne ! Le vol, l'alcool, la drogue, le racisme et avec lui, autour de lui, le malheur ! Les chaînes de la féerie des mots aliénant le pauvre monde.

Amar marchait parmi de hautes congères durcies d'un nappage luisant. L'aspect fantomatique de la diaphane clarté vascillante intimait au monde l'obligation de fermer sa gueule. Amar n'échappait point à la menace. Il adapta sa démarche abstraite au pas cadencé de la nature étranglée. Tous et toutes trottinaient à la queue leu leu. Ce jeu lui plut. Il se sentit de la cité. Il mêla son souffle opprimé à d'autres, calculant la cadence de ses mouvements de poitrine empruntée à celle de ses voisins pour ne pas trop abondamment puiser en oxygène. Il était sûr qu'avec un bon entraînement il parviendrait à cet effort. Car de respirer comme son voisin c'était pas donné à tout le monde. Pourtant une nouvelle fois il s'égara. Ce ne fut pas faute d'avoir essayé. L'instant d'une seconde son attrait pour une gageure l'entraîna en des boyaux gluants, puants, qui s'ouvraient sur de petites courées à l'intérieur desquelles s'entassait la misère. De jeunes enfants couraient pieds nus et tous n'étaient pas d'origine maghrébine. Des hommes aux mains rugueuses présentaient leur dos à des braséros portés au vif ; de la rue on pouvait entendre leurs voix rauques et leurs plaintes. Ils ne parlaient pas, ils grognaient, geignaient, hurlaient, rendus fous par le mauvais vin et le désœuvrement. Il vit aussi un animateur de rue en deux-chevaux violemment colorée tenter de calmer leur souffrance.

Amar s'aperçut que ses pas le menaient vraiment n'importe où. Il partit à la recherche du bistrot de la gitane. Peut-être s'y trouverait-elle encore ; alors il demanderait qu'elle lui lise son avenir. Son avenir à lui, Amar ! Il fut si longtemps le passé de son père qui lui disait : « Plus tard tu parleras de moi à l'imparfait. Quand je te regarde je sais que je fabrique mon histoire dans ton regard, et je ne la connaîtrai jamais. Tu es mon passé et je suis ton avenir. » Amar ne voulait plus être le passé de qui que ce soit, ni l'avenir de personne. Il voulait vivre sa vie librement, avec tous les autres hommes comme lui, décidant pour eux-mêmes et par eux-mêmes.

Sur les boulevards extérieurs, des gens tapaient du pied en attendant les autobus. Quand l'un d'eux s'arrêtait, ils se précipitaient aux portes élastiques qui s'ouvraient et se refermaient en lâchant des soupirs sonores. Le bus repartait, laissant des taches noirâtres, recroquevillées contre la tôle de l'abri.

Deux types sur une mobylette approchaient lentement. Soudain à la hauteur d'Amar la mobylette fit une embardée bruyante accélérant tout à coup pour fondre, telle une buse sur un mulot, sur la boule compacte du groupe, duquel une aspérité en forme de sacoche dépassait. Voici les deux compères s'emparant de cette saucisse aguichante. Mais l'exploit les déséquilibra et les voilà donc allant s'écraser cent mètres plus loin dans un spectaculaire vol plané. Ils s'aplatirent sur la chaussée comme des limandes couinantes. Le monstre sur lequel le larcin avait été consommé gesticulait dans son manteau. Personne ne se déplaçait, ni lui, ni un autre, en direction des gaillards qui remontèrent sur leur engin pour s'enfuir vers d'autres conquêtes.

Arrivé à la hauteur du groupe Amar entendit ces gens commenter l'incident. Il était nécessaire pour eux que ce fait divers paraisse dans le journal pour qu'ils puissent avoir la distance utile pour comprendre.

Au café des Fortifications, le pif luminescent du patron indiquait le degré de la communication. Pas en dessous d'au moins vingt degrés. Beau temps fixe en toute saison. L'alcool rend gai dit-on. C'était vrai ! Il retrouva le café aussi rieur que la fois précédente.

Une ribambelle de copains-copines. Tous ensemble dans l'alcool, se parlant en titubant, pourris de tics, se touchant et se grattant, rotant et éructant. Amar s'assit sur l'un des hauts tabourets du comptoir. Personne d'autre que lui dans cette salle ne pouvait prétendre grimper là-dessus sans risquer l'accident. La télé couleur, au-dessus du comptoir, entretenait le fond sonore et lumineux de concert avec un jukeboxe. *Voilà pour les indices d'écoute des émissions* vulgaires de la télévision. La France profonde qui en voulait pour son argent. Le fond sonore et lumineux, comme un coucher de soleil au Touquet.

— Qu'est-ce que la méchanceté ? C'est ce que tu as vu plusieurs fois. Dis de même, dans tous les accidents de la vie, c'est ce que j'ai vu souvent. Partout tu trouveras toujours les mêmes choses dont les histoires, tant anciennes que modernes, sont remplies, et que l'on voit de tous côtés dans nos villes et dans nos maisons. Il n'y a rien de nouveau. Tout est ordinaire et passager.

— L'Anar ! Quelle surprise ! Qu'est-ce que tu fous par ici ?

L'Anar avait revêtu un burnou écru dont il avait rejeté un pan sur son épaule gauche. Une casquette verte et son épaisse moustache sur sa lippe gouailleuse lui faisaient un air magnifique, puissant.

— Le pif mon vieux ! Le pif ! Ah ! Ah ! Ah ! Allez, j't'ai suivi depuis le Point du Jour. J'te cherchais. J'avais envie de te voir. Qu'est-ce que tu fous là ?

— Ben... rien.

— Viens, j'vais te montrer où j'habite.

Ils sortirent de la ville par la porte Méaulens. Il n'y avait plus de porte mais le lieu gardait le nom. Cette étrange manière que de faire mentir les endroits. Mais il y avait l'Histoire ! L'Histoire abstraite où les chiens sont des animaux au même titre que les libellules ou les mammouths, et tous les hommes des humains.

— T'en fais une trombine p'tit gars ! Ça gaze pas ?

— Non pas fort ! J'm'emmerde.

— Te laisse pas aller va. Tiens, c'est comme celui qui écrit l'histoire dans laquelle on s'agite tous les deux. Eh bien lui aussi a des ennuis. Tu peux être sûr que ça va pas tout seul non plus pour lui. Puis t'as un avantage, de toute manière c'est lui qui l'écrit ton histoire. Si tu te démerdes bien il écrira un bon truc pour toi. Mais lui ? Il est même pas sûr que notre histoire sera possiblement lue par d'autres. Qu'il aura un public. Il l'espère car il clame partout qu'il procède de l'humanité et qu'il façonne le monde. Tu te rends compte !

— Si ça l'amuse d'être aussi con ! En tout cas c'est pas mon histoire et puisqu'il s'occupe d'écrire la mienne qu'elle soit au moins intéressante. Et qu'il sache bien que c'est moi qui vis cette vie et pas lui.

— Va-t'en savoir !

— Que c'est beau ! s'extasia Amar devant l'inattendu du décor.

— Tu vois qu'un hiver ça peut être joli !

— J'lai toujours pensé.

Ils se trouvaient en bordure du canal. Des péniches, prisonnières du bassin, enserrées dans un étau de glace, crachotaient d'âcres fumées moroses. Dessus la croûte verglacée une légère cotonnade frémissait sous la bise. Au loin des patineurs agiles riaient à gorge déployée, pirouettant sur une surface de sucre vanillé.

Le port en activité ne bruissait pas de son boucan habituel. Il entonnait, au contraire, une bienfaisante berceuse. La neige profonde avait cela de commun avec les étés torrides, d'assoupir les pires vacarmes au point de les transformer en ronrons enjôleurs. Ils marchèrent le long du chemin de halage.

— C'est magique ! On se dirait dans un autre monde.

L'écho Anar répondit :

— C'est le monde de la poésie. Sais-tu que Verlaine

empruntait ce chemin pour rejoindre Lécluse où habitaient sa cousine et son ami Istace ? Il est venu aussi avec Rimbaud, comme nous deux aujourd'hui.

Le frimas habillait les taillis de longues parures de dentelles finement découpées en arabesques suspendues dans les airs. Quelques corneilles plaintives produisaient des sons mélancoliques dans de la grisaille vieil-argent et la masse volumineuse de la ville venait s'écraser à leurs pieds lorsqu'ils se retournaient pour contempler dans le lointain les vagues esquisses de la cathédrale, du beffroi et autres fiertés. Tout cela se diluait dans une purée d'ombres évanescentes, crénelant le rivage.

— Viens, on va s'arrêter à La Sirène. C'est mon quartier général. Quand tu veux me trouver c'est là qu'il faut venir. Y a qu'à laisser un message au patron, c't'un pote.

A cette heure-ci le patron était parti en ville pour ses affaires. Ils furent servis par un copain de l'Anar qui, comme lui-même d'ailleurs, aidait le boss à l'occasion. Il y avait quelques mariniers qui « tapaient le carton ». Et dans le fond, autour d'un poêle à charbon, quelques clochards qui se chauffaient.

Quand Amar sortit, la nuit était tombée depuis longtemps. C'étaient maintenant les ténèbres où régnait l'à-peu-près. La nuit finissait d'aspirer les dernières certitudes.

— Suis moi de très près, indiqua l'Anar. Dans le noir tu risques de te casser la gueule.

Quand l'Anar souffla :

— Ça y est ! On est arrivés !, ils venaient de parcourir une centaine de mètres en progressant comme des limaces le long de la berge.

— Où ça ?

— Chez moi ! Bouge pas j'vais allumer.

Amar entendit l'Anar gravir des marches. Il le vit tout à coup brandissant une lampe à pétrole sur le ponton d'une péniche.

— Monte ! s'écria-t-il avec emphase. J'invite dans mon cantonnement.

— Tu vis dans une péniche ! articula Amar avec crédulité.

— Ouais ! C't'un gars que j'ai rencontré à La Sirène qui me l'a refilée ! Il savait plus quoi en foutre. Il devait payer pour la faire remorquer dans un cimetière de péniches. J'ai l'acte et tout. Moi j'l'ai retapée.

Ils descendirent dans l'habitacle. Amar s'attendait à trouver un capharnaüm. Il fut tout étonné de trouver un espace ordonné et drôlement ficelé avec goût et ingéniosité.

— Installe-toi sur la banquette, j'vais préparer quelque chose à becqueter.

— Punaise c'est bath chez toi !

— Et t'as pas tout vu. J'ai aménagé une immense bibliothèque avec la musique dans la soute. Le problème c'est qu'il n'y a pas l'électricité. Quand j'aurai un peu de fric j'la ferai installer.

— Mais comment tu fais pour dégoter tout ça ?

— Ça c'est mon secret tu veux bien ! Ah ! Ah ! Ah ! Tiens, regarde le nombre de couchettes. Et toutes aménagées ! Si un jour t'en as marre de vivre là-bas tu viens ici, il y a de la place pour un régiment.

Chapitre II

Tandis qu'Amar se nourrissait, l'effervescence au Point du Jour était à son comble. Des bandes d'athlètes suractivés se remplissaient la panse de bière en faisant rouler leurs biceps. Ces buveurs tout en bravache se reluquaient leurs femmes respectives. Ils s'alanguissaient en des postures stupides, les yeux brillants d'alcool ils cherchaient à se rassurer quant à leur devenir. Miroirs biseautés pour les autres ils se renvoyaient donc des images désirées.

Les mœurs diurnes de cette engeance se ternissaient sur le coup des vingt et une heures. Après ? Le couvre-feu ! Et la ville appartenait aux forces de police.

Au bistrot donc, s'abreuvant sans cesse, humides d'exploits sirupeux dignes d'eux-mêmes, tous ces gens se postillonnaient sur la gueule. Gérard se frayait un difficile passage parmi ces tas. Le patron tripotait ses dés à son guéridon favori avec sa bande d'habitués. Cénacle de personnalités locales, fort de la pensée : « Après l'effort le réconfort. » Mais leur humanité ne s'arrêtait pas là, car ils pensaient vraiment que c'était ce que les travailleurs réclamaient.

Soudain le drame. Monsieur Barubé, l'ami personnel du Gros-Louis, celui qui louche sous ses montures Sécurité sociale, habillé en sous-chef de service, éleva sa voix monocorde et nasillarde pour dire :

— Gérard ! Je vous ai donné une coupure de deux cents francs et vous me faites la monnaie sur cent francs. A ce tarif-là vous serez vite riche mon jeune ami.

Gérard rougissant s'approcha de la table :

— J'ne pense pas monsieur Barubé, c'est bien avec cent francs que vous m'avez payés. D'ailleurs regardez, voilà le billet.

— Ecoutez mon jeune ami, dites carrément que je suis fou. Je sais encore ce que je fais.

— Vous savez il arrive qu'on se trompe.

— Qu'est-ce que tu racontes imbécile ? Tu oses mettre en doute la parole de monsieur Barubé, imbécile ! Le directeur de la caisse, tonitrua le patron.

— Ben j'vous assure, monsieur...

Les lèvres lippues de Barubé tressautèrent, une espèce de tic en agaça les commissures, et d'un bruit dégoûtant elles évacuèrent :

— Vraiment cher ami, si j'avais un tel employé je m'en séparerais.

Il prononça cela sans regarder Gérard, en s'adressant aux autres. Ceux sur lesquels il savait pouvoir compter en la circonstance. Toujours présents quand il s'agissait d'opérer un mauvais coup.

— Mais enfin j'vous assure, bégayait Gérard.

— Ça suffit sale voleur ! Tu oses prétendre que monsieur Barubé ment. J'vais te montrer moi.

Le Gros-Louis se leva ; les yeux roulant hors de leurs orbites, rougis par la fumée des Disques bleus. Il giffla Gérard qui alla s'aplatir contre la glacière. Le patron se déplaça lentement, d'un pas assuré, les bras ballants de chaque côté de son épaisse carcasse, les paumes des mains ouvertes, en avant ; impressionnants battoirs !

Le garçon terrifié entra la tête entre ses épaules préparant le second assaut. Il se sentit soulevé de terre, agrippé par la peau du cou, et en un seul mouvement atterrit la tête en avant dans le bac à eau de vaisselle. Cette position l'obligea à surélever légèrement son fessier. Cela amusa l'ensemble des consommateurs présents et excita leur hargne. Une espèce d'hystérie s'empara de la salle et tous scandèrent :

— Encule-le Louis ! Baise-la cette salope !

Le patron exalté, l'œil chavirant, la langue bleuissante qui pendouillait parmi des chicots, s'enquit de donner de larges coups de rein, mimant ainsi la pénétration sexuelle. Chacun de ces coups de boutoir eurent pour effet de plonger, à chaque fois un peu plus, la tête de Gérard dans le liquide fétide. Celui-ci glougloutait et sa vie commençait de s'en aller par les quelques imperceptibles coups de pieds qu'il donnait contre le bois du comptoir.

— Il bat la mesure cette tapette ! interprétait le Gros-Louis.

Ce fut la fille de Barubé, une tringle à la denture chevalesque, qui décrispa la situation :

— Allez monsieur Louis ; la leçon a porté ses fruits je crois bien. Reprenez cent francs sur la caisse de ce garçon et continuons notre partie de « yams ». Nous avons suffisamment perdu de temps avec ce minable incident. Il n'y a rien de plus révoltant que de voir un employé voler son patron. Par ces temps de chômage ce bougre devrait être heureux d'avoir un emploi. Quelle époque !

— Entendu mademoiselle Barubé. Pour ce qui te concerne p'tit pédé tu es viré. T'iras chercher du boulot ailleurs. Voleur ! Compte sur moi pour te faire un bon certificat de travail. Tout ça pour nourrir ton gigolo de pissotière. Qu'est-ce ça ferait pas faire, l'amour !

— Ah ! Ah ! Ah ! hurla la salle.

Chapitre III

Malgré les insistances de l'Anar pour qu'il restât coucher dans la péniche, Amar préféra s'en retourner. L'Anar voulait l'initier au jeu d'échecs, un sport complet du point de vue cérébral. Non ? Tout de même ! Eh bien soit !

Amar ne se sentait guère tranquille à errer la nuit venue dans les rues de cette bourgade. Le décor, si pittoresque la journée, prenait des allures monstrueuses le soir tombé. Des inscriptions menaçant les immigrés, blanches de chaux, injurieuses et meurtrières, imposaient leur ignoble anonymat. Elles lui paraissaient plus visibles dans le noir, se détachant sinistrement et semblant se multiplier comme une nuée de sauterelles. Sur le retour, Amar rasa les murs, craignant que dans l'ombre sa « maghrébinitude » ne frappât davantage le passant. Il avait honte de céder à cette pression, mais la ville restait étrangère à sa personne. Imperméable à ses appels.

Il croisa un groupe de jeunes gens ; il sentit leur regard lame de rasoir frôler son cou et sa chevelure. Il n'osa bêler, car il savait que leurs coutumes les obligeraient à le sacrifier. L'espace de la fête manquait terriblement dans ces cités en violence. Certes pas la fête rafistolée de l'après soixante-huit. Non ! De ces fêtes qui obligeaient la mort à reculer en lui donnant comme victimes des prétextes joués. Une fête adaptée aux exigences du moment. Une fête partagée, naissant de la demande réelle du peuple. Pas celle plaquée par le système ! Oui de ces fêtes enfin qui permettraient aux hommes de s'affronter sans se tuer.

Lorsqu'Amar arriva au Point du Jour, les rideaux étaient tirés, mais il perçut encore comme une activité à l'intérieur du bistrot. Un rais de lumière fusait de dessous la porte. Il n'osa franchir le seuil de crainte d'agacer le patron qui n'aimait guère le voir traîner dans le café. Il entendit une musique sourde et quelques éclats de voix vigoureux, tonitruants, clamer quelque beuglante. Amar préféra discrètement monter aux étages.

Par contre il fut étonné de voir la lumière poindre sous la porte de leur chambre. Il croyait Gérard resté au bar. Il poussa la porte. La lampe poussiéreuse inondait de sa pâleur crue la misérable pièce et la nuque de son ami allongé sur le lit.

— Salut Gégé ! T'es là ? Il y a encore du monde en bas !

Pas de réponse.

— Tu dors ?

Toujours pas de réponse. Amar ferma la porte et croyant que Gérard dormait il s'approcha pour le secouer légèrement. Gérard se tourna les yeux pleins de larmes.

— Ben quoi ? Qu'est-ce qu'il se passe ? T'es pas bien ?

N'y tenant plus, le cœur gonflé de chagrin, Gérard s'abandonna dans de gros sanglots qui lui secouèrent toute la carcasse. Amar paniqua. Une sorte de frisson le parcourut.

— Mais enfin, merde ! Tu vas l'ouvrir ta gueule.

D'une voix à peine audible et chevrotante Gérard s'épancha :

— Le Gros-Louis m'a accusé de vol. Un sanglot plus

fort que les autres éclata et il dut se moucher pour continuer.

— Et alors ! C'est vrai ?

— Un peu... Mais il peut pas prouver. J'ai nié. Mais il m'a frappé. Il disait qu'il ne nourrirait plus de pédés. Il parlait de notre vie commune.

— La salope ! Demain j'lui casse la gueule. Tu vas voir ! Amar s'enflammait. C'était le genre d'allusion qu'il ne pouvait supporter. Me prendre pour une gonzesse. Le con !

— Fais pas de conneries. Il a fait mon compte. Il me laisse la piaule. Le temps que je trouve autre chose.

Devant son air contri Amar se calma. Il s'assit sur le lit près de Gérard. Il se sentait un peu bête. La violence de ses propos avait dépassé sa pensée. Il n'avait pas épargné son ami. Il en était désolé.

— Porte plainte Bon Dieu ! S'il ne peut rien prouver. On fout pas les gens dehors comme ça. Va à l'inspection du Travail. Chez les flics ! T'as des témoins bordel !

— Arrête tes conneries. Les flics c'est ses potes. Quand il y a une saloperie dans le coin ils viennent tout de suite le voir. C't'un vendu ! Aux dernières élections il a flingué un communiste ; il a même pas été convoqué au commissariat. Intouchable ! Puis j'ai pas de contrat. J'suis aux pourboires. Un gars de l'assistance ça n'intéresse personne. Qui voudrait témoigner ? Ils en ont rien à foutre. Boire un coup. Voilà ce qui les intéresse. Le foot et le cul ! Le reste c'est de la merde. N'oublie jamais ça.

— T'en fais pas Gégé. Dans ton boulot on trouve encore facilement. Demain on cherchera !

Chercher autre chose ? Mais lui-même ne savait pas très bien de quelle autre chose il s'agissait. Il se sentait prisonnier d'une espèce de toile d'araignée qui l'enserrait davantage à chaque tentative de désengluement ; les veines parcourues d'un venin distillé au goutte à goutte par un environnement qui lui échappait de plus en plus. Et cet antidote qu'une morale aurait pu fournir semblait être, lui aussi, remisé pour de bon.

Les bras croisés sous la nuque, Amar sombra dans la rêverie. L'humidité qui avait craquelé les peintures laissait supposer son destin écrit sur ces taches nuageuses. Il lisait sa destinée ainsi affichée et ces illusions créées devenaient réalité s'il leur donnait du crédit. Dans son enfance, lorsque le pain était rare, il s'allongeait sur son lit et du puzzle qu'il découvrait sur les murs il se fabriquait une vie...

Puis son père apparut sur le mur. Un large sourire tranquille retroussait sa lèvre supérieure. Il le vit noir de cheveux, l'œil charbonneux, parler et parler, tant le verbe chez lui a l'importance de la vie. Il parlait des ancêtres. Tous des Aïts ! Tribus d'avant la colonisation, qui parcouraient la montagne de la dignité. Culture pleine, ouverte sur l'extérieur, qui espérait pouvoir comprendre « l'autre culture », par ses amousnaw. Vint la révolte de mil huit cent soixante et onze qui trancha tant de têtes chez eux que les poètes ne surent les compter. Il y eut aussi les déportés et finalement l'immigration. Le voilà, lui, rejeton de cette histoire, malgré la haine et la terreur, espérant renouer le fil perdu, distendu. Ce fil de l'honneur ; cette morale du nom qui pensait participer à l'émancipation du monde.

Il était né dans ce pays ; la France ! Il se sentait lui appartenir, mais capable, porteur d'une tradition orale, de l'enrichir de ses ancêtres.

Gérard remua à son côté. Il sursautait dans son sommeil. Poussant quelques plaintes légères. Amar ressentit son infortune et se jura de l'aider à s'en sortir. Le visage de Lise, flou, parut à une fenêtre embuée. Puis il s'effaça furtivement.

Chapitre IV

Ah ! ces réveils difficiles ! Le dégueulis au bord des lèvres. Le maître ne connaîtra jamais l'angoisse de ses esclaves. Cette tenace certitude d'être de trop. Tout de go à découvrir l'inéluctable. Là-bas ! Au bord du trou. Droit devant. Le condamné au cognac. La vie déjà ne lui appartient plus ; il n'a plus son mot à dire ; clos son destin ; sa voix ; son choix ; de tout cela, d'autres s'en chargent, à présent qu'il conserve le funeste goût du cognac à ses muqueuses ; à sa vie, ce dernier songe.

« D'autres se chargeront de tout cela car ils ont pour folie de croire qu'il leur incombe de s'en charger. » Mais il fallait descendre. Sortir du gourbi. Affronter la réalité et son lugubre escalier. Amar et Gérard conclurent qu'ils ne mordraient pas la main qui les nourrissait. Il était naturel, après tout, de ménager le Gros-Louis. Il avait peut-être ses raisons d'agir comme il agissait. C'était une explication qui en valait bien d'autres. Ça, ou la démence ! Les coups, les insultes, les peines et les remords ; tout, sauf le vide. Sentir la résistance du monde. Sentir quelque chose sous ses pieds. L'horreur du noir et de la dérobade. Embrasser des cadavres bien nourris !

Mais il fallait passer sur le palier du patron. Et s'il sortait à ce moment précis ? Barrant le passage !

Peut-être guettait-il leur arrivée ? Amar convint que ça n'était pas une vie et que l'on ne l'y reprendrait plus. L'univers en entier ! Dieu et les hommes et les bourgeois. Tant il était vrai pour lui que les bourgeois n'étaient pas de la race des hommes. A balancer aux latrines ! Cette foutue société ! Dans le fond Sébastien n'avait pas tort. Le système pourrissait les pourris. Sébastien, dans sa péniche en stationnement, guettait le courant. Amarré comme il l'était à quai ; il espérait tout de même naviguer. Tromperie ! Sur le monde. Sur les choses. Sur les hommes. Sa génération tout entière se gobergeait de mille résolutions, toutes plus foireuses les unes que les autres.

A mesure qu'il gravissait à l'envers les degrés de cette sombre demeure, Amar marquait à coups de burin, profonds, les signes indélébiles de son inéluctable destin. La vie palpitait, bouillonnante et sans saveur. Tout bonnement offerte. Amar devait s'en saisir. Témoin agissant, pétrissant la boue, sachant désormais que chaque coup comptait. Ni bon, ni méchant. Humanité sans morale, se suffisant à elle-même. Lui, Amar, ici, au cœur d'un profond labour de peur et d'ennui. Cette horrible crainte lui suçant la tête, l'empêchant dans ses rêves ; infernal mouvement ! A l'endroit, à l'envers.

Des gens éberlués marchaient dans les rues aux sueurs froides. Les lèvres bleuies ils psalmodiaient des liturgies à eux. Les yeux aux regards absents ne voyaient personne. Tous s'en contentaient. Des plus jeunes, endormis sous des « walk-men » s'affichaient sur de rutilantes motos, dessous lesquelles jaillissaient les raclures du fond du crâne d'Amar, qui marchait avec Gérard dans la bouillasse de la rue fantomale. Un léger doux affaissait les montagnes de saindoux qui balisaient la Grand-Rue. Une espèce d'éclaircie, dans le ciel, déféquait son obligeante beauté sur la ville. Une manière hautaine d'infliger à la masse compacte qui se pressait aux portes de l'ANPE son irrespectueux dégoût des hommes.

— Pourquoi la nature s'ingénie-t-elle à être aussi belle ? questionna Amar tout haut. Qu'est-ce qui peut la pousser à chier du soleil et de la neige, et des arbres ? Pourquoi ne chie-t-elle pas des paquets de brouillard et de béton ? Ils en réclament tant !

Gérard se taisait. Durant la nuit il avait changé de corps. Il s'était allongé et avait passé une autre couleur de peau. Ses cheveux s'étaient ternis tandis que son visage aux traits défaits accusait la maigreur de son squelette plié aux épaules. Sa peau grisâtre tendait à se fondre dans les murs gorgés d'eau.

Sous le porche, une foule hoquetait sa longue nuit. Des momies parcourant du regard de longues listes d'emplois, semblaient devoir les apprendre tant leur station debout durait une éternité. Les yeux asséchés parcouraient ces bouts de rien, enregistrant mentalement le code de la honte. Toutes tribus confondues à tendre la main. Tous guettaient la solidarité qui se nichait derrière des bureaux aseptisés où des commères stéréotypées leur enseignaient la gratuité du geste désinvolte des fonctionnaires névropathes. Une chaleur moite huilait les crânes.

Amar et Gérard se laissèrent porter par la foule mouvante qui fluait et refluait. Une langueur en faisait des paquets endormis sur des rivages de riches. Un fond de souvenir et Amar s'astreignait à placer les sept cent millions qu'il pourrait gagner au loto s'il jouait.

— Qu'est-ce que tu ferais si tu gagnais au loto ?

— Fais pas chier ! C'est pas le moment.

— Moi j'voyagerais. J'fous le camp. Au bout du monde. Rencontrer d'autres gens. D'autres regards sur la vie.

— Trente-huit !

Un interphone, régulièrement, scandait haut-parleur à l'appui le numéro des participants à la queue leu leu.

— Trente-huit ! Un numéro à jouer.

Gérard ne répondit pas. Il se rapetissa un peu plus. Son visage livide, nauséeux, parut anéantir ses caractéristiques. Seul son nez demeura au dehors. Le reste disparut. Restait qu'une feuille de chair racornie, grisâtre et fripée.

— Qu'est-ce que t'as encore ?

— J'peux pas y aller !

— Mais où ça ?

— Trente-huit c'est mon tour. J'peux pas y aller. Faut que j'aille chier. J'trouverai bien du boulot seul. Viens ! On fout le camp.

— Arrête tes conneries. On y est ! Faut y aller ! On a assez disserté là-dessus ! C'est pour la Sécu qu'il faut que tu pointes. Peut-être qu'on va te proposer un stage. C'est la grande innovation en ce moment. T'as le droit à des indemnités.

— Trente-huit ! hurla l'appareil.

Le ton péremptoire décida Gérard habitué aux ordres. Il se précipita vers la cage vitrée d'où la voix émergeait. Amar le suivit.

— Oui !

L'employé les tint debout. Gérard tendit son formulaire. Sans aménité le bureaucrate le parcourut d'un œil sévère. Sautillant d'un pied sur l'autre, n'osant pas se regarder, Amar et Gérard gardaient leurs mains derrière le dos, offrant au monde un air stupide et circonspect.

— Bien ! Vous étiez au forfait monsieur Dupont ?

Monsieur Dupont ! Amar eut envie de rire. Gérard s'appelait Dupont. Le nom type du bon Français. Ils n'avaient jamais songé à échanger leurs noms de famille. Ils ne se parlaient guère de leur passé. Juste quelques bribes ! Chacun dans son truc. Ils s'imaginaient que la liberté ça pouvait se trouver de ce côté.

— Euh ! Oui.

— Hum... Les motifs du licenciement ne sont pas en votre faveur. C'est moi qui vous le dis. Dites-moi !

Ça m'étonnerait que la commission accepte de vous payer une allocation. Dites-moi ! Quand on a la chance de tenir un emploi, on fait attention. Dites-moi !

— Monsieur ! Mon ami conteste ce que déclare le patron. C'est un tissu de mensonges. C'est un négrier cet homme-là.

C'était Amar qui intervenait. Lisant la terreur sur la mine de Gérard qui perdait de la hauteur au fur et à mesure que l'autre le questionnait.

— C'est à monsieur Dupont que je cause. Ici nous ne sommes pas au tribunal. Je ne suis pas payé pour refaire le monde. D'ailleurs veuillez sortir, c'est avec monsieur que j'ai affaire.

Vous l'entendez la petite gouape ! Sûr qu'il est syndiqué. Tiens, après un coup pareil il se plaindra des conditions de travail et de l'incivilité. Amar éternua et s'empourpra, une violente quinte de toux le secouant. Gérard avait disparu. Seule, une flaque d'urine marquait le lieu où il se trouvait cinq minutes auparavant. L'autre se mit à hurler.

— Au secours ! Au secours !

On accourut ! De partout ! Des étages supérieurs et des sous-sols. Tous contemplèrent la difficulté de la tâche et, délaissant leur ardu labeur, ils papotèrent sur les prochaines législatives et le scrutin à la proportionnelle. La foule qui marquait le pas dans le hall maigrissait à vue d'œil. Certaines personnes, chuchotant, parlaient d'enfants en bas âge qu'il fallait nourrir ; sinon... ils parlaient de maladie, de loyers à payer, d'expulsion, de charges locatives et autres taxes, chauffage et eau, nouilles et bifteck. Le bruit circulait que quelques-uns trouvaient la mort par ce froid.

L'absurde tournoyait en une spirale sonore qui battait la chamade aux tempes d'Amar. Ces horribles langues qui claquaient aux palais moulaient des ensembles de phrases toutes prêtes que des glottes nasillardes entendaient gémir par spasmes douloureux. Cruelle déraison ! Utiliser les concepts du tortionnaire pour se plaindre à lui du mal atroce qu'il fait subir. Terrible agonie de ce monde en souffrance...

La ville ne s'éparpillait guère. Sur toute la longueur de la Grand-Rue elle affichait l'ennui de sa rectiligne tranchée. Les lourdes habitations à étages, au garde-à-vous, jalousement veillaient au bon ordre du goulet filiforme. Trait net et prétentieux. De la gare aux « fortifs » ! Ça obligeait les riverains à drainer leurs écrouelles par de larges écoutilles puantes. Parfois, il montait des égouts les entêtantes odeurs de ce brouet. Chaque ville a son odeur ! Puante ou pas, selon les saisons.

Du trottoir de gauche à celui de droite ; à l'endroit, à l'envers, la ville fabriquait une conscience linéaire. La population, au cœur de ce passage interminable, bête de longueur et étroit de côté, épuisait sa vie des « fortifs » à la gare. Drapant le tout de quelques années d'impavides regards sur le néant. Aucun signe de panique ne trahissait la moindre angoisse. Il suffisait, pour être dans le coup, de remonter mécaniquement la Grand-Rue avec la morgue et la résignation des élus devant un monument aux morts.

A une certaine hauteur, deux boyaux partaient sur les côtés. Cela formait un carrefour. Le carrefour de la Banque de France ! Imbue de ses fers à friser qui fixaient sur les passants leur froide détermination meurtrière. A l'opposé, un petit bistrot juste assez grand pour tenir accroché à son comptoir les commères endimanchées de la Banque de France.

Amar entra se chauffer dans ce troquet. Il eut à peine le temps d'y boire un café que le soir en profita pour gommer les sourires geignards de ces « actifs ». Une vague lueur crépusculaire incendia le percolateur, les yeux de la patronne, puis égaya les écrevisses d'une nature-morte du peintre Raymond Legrand.

Dans la rue quelques éclats de diamant scintillèrent comme des paillettes de foire semant dans le ciel l'espoir. Amar sur le qui-vive ne supporta pas cette taquinerie. Il injuria d'un poing vengeur le ciel fastueux.

— La fuite ! La fuite ! pensa-t-il.

Ce fut époumonné qu'il échoua dans la cage meurtrière. Il saisissait parfaitement la terreur qui suintait de cet endroit. Elle guettait, prête à fondre, voluptueuse, sur sa pauvre carcasse. Son corps endolori percevait l'ambiance désastreuse. La béance de la gueule noire de l'entrée le faisait souffrir. Il savait qu'il serait digéré, lui aussi, comme les autres. Il transpirait, peu rassuré sur l'avenir de son humanité. Un regret profond le saisit à la gorge. Les gueules de mort qui l'avaient happé au sortir du hangar de la misère l'avaient fait au nom de la religion. Ils portaient des insignes sur leur casquette en lui offrant du chocolat chaud, parlant de Dieu et des hommes. Amar avait très peur. D'un pas invalide, glapissant à chaque marche, il scandait son destin sur ce bois irrespectueux. A ce bois-là il suffisait de couiner pour exister.

— Et puis merde ! Un peu de dignité tout de même !

Il se secoua et gravit l'escalier avec entrain. La cage refoulait des senteurs d'urine de chat. Soudain une porte s'ouvrit sur lui, l'inondant d'une lumière bleutée. Un homme à la serviette gravement grommela en zézéyant :

— Bonzoir Adèle !

— Salut Simon ! A demain... Tiens mais c'est Amar ! Qu'est-ce que tu fous là bonhomme ? Monte ! Justement j'ai demandé à la patronne de tes nouvelles. J'voulais te voir. Entre !

— Merci Adèle. Mais j'ai pas tellement le temps. Une autre fois.

— Entre j'te dis. Arrête tes conneries. Je sais pour Gégé. Quel con ! Au lieu de piquer plus discrètement. Il a toujours été un peu con. J'présume qu'il voulait te démontrer qu'c'est pas un dégonflé. Il t'aime ce con !

— Déconne pas Adèle. C'est pas mon genre tu sais bien. Il y a maldonne sur la question entre nous. J'ai joué franc-jeu avec lui dès le début. Y a pas à se tromper.

— Pour toi peut-être. Mais lui il espère toujours. Enfin c'est pas pour ça que je veux te voir. Entrons.

Ils passèrent par un vestibule tendu de feutrine bleu nuit pour échouer dans une vaste pièce richement décorée, encombrée de meubles et de bibelots. Une salamandre dégageait par volutes un mélange fleurant l'eucalyptus.

— Mets tes fesses dans ce fauteuil ! Moi il faut que je m'allonge, ordre du toubib. J'vais bientôt crever d'un cancer du cul ! C'est à son sujet que j'veux te parler.

Elle poussa un profond soupir. Amar ne la reconnaissait pas. Son teint cireux, ses yeux écarquillés, bordés de rouge et ses lèvres livides. Malgré cela, une certaine sérénité émanant de sa personne dispensait une aura bienfaisante. Ses cheveux blancs laiteux en corolle autour de sa tête lui conféraient, ainsi que son regard brûlant, de la grandeur. Elle se mit plus à l'aise dans son sofa, rabattant le châle vert sur ses épaules. Ce faisant, elle sembla devenir plus blanche encore. Amar admit l'effet du luminaire. Mais tout de même !

— C'est drôle ! murmura-t-il.

— Qu'est-ce qui est drôle p'tit frère ?

— Ben la dernière fois que j't'ai vue, t'avais les cheveux rouges et tu perdais ton dentier.

— Ah ! Ah ! Ah ! Rien de tel qu'une bonne cuite pour oublier ses malheurs. Maintenant c'est terminé pour moi.

— J'aurais jamais cru que tu vivais dans un décor pareil.

— C'était le temps de ma splendeur. Avant qu'ils ne tuent mon mari et mon fils.

— T'as été mariée et mère ?

— Bien sûr ! Qu'est-ce que tu crois ! Regarde autour de toi. Quand j'n'y serai plus, tout cela t'appartiendra. Et ce que tu ne sais pas, le café, l'hôtel et tout le reste t'appartiendront aussi. C'est à moi !

— Mais, et le Gros-Louis ?

— Gérant ! Rien de plus ! Le notaire va venir ici pour te faire signer les papiers. T'as rien à dire ! Tout est fait. Qu'est-ce que t'en penses ? Ça t'en bouche un coin, hein ? Pas vrai ?

Adèle parlait tranquillement. La maladie, dans son inéluctable déroulement, ne parvenait pas à prendre pied sur sa personnalité, pour l'affaiblir. Il y avait une force qui émanait d'elle qui aurait pu faire croire à Amar que c'était elle qui décidait ; que c'était de cette manière qu'elle avait choisi de disparaître. Le cancer ? Une formalité ! La vie qui fout le camp. Et alors ! Adèle assurait la passation de l'énigme. Elle en avait assez vu chez les cons. Elle prenait de la distance en espérant que ça ne se reproduirait plus.

— J'sais pas quoi répondre, Adèle. T'es comme une fée pour moi.

— Fous-toi de ma gueule ! La fée Carabosse !

— Non, Adèle. J't'aime bien. J'veux pas de cela. Reste avec nous. C'est tout ce qui m'intéresse. Le reste j'en ai rien à foutre. Tu m'as appris quelque chose mais je sais pas encore quoi. Mais pourquoi moi ?

— Ça t'intrigue, hein ? Tu leur ressembles ! A mon fils et à mon mari. Mon mari était Juif algérien. C'était un avocat. J'l'ai rencontré à Lille quand j'faisais des études de droit. Enfin ! C'était un juif et mon fils aussi. Ça leur a valu l'étoile jaune sur la poitrine ; c'est des copains d'enfance, des gars de mon quartier, qui sont venus les chercher pour les emmener dans un camp. Depuis je bois car je ne supporte pas les salauds. J'aimerais que tu t'en sortes. Que les gens comme toi s'en sortent définitivement. Qu'un jour l'humanité tout entière se sorte de cet effroyable corral, autrement qu'avec une marque sur le front.

Adèle pleurait doucement. La chambre elle-même haletait et de fortes larmes d'amertume s'en vinrent battre avec violence contre la fenêtre aux carreaux embués...

Amar continua sa quête et gravit les étages. Il ne s'attendait pas à trouver Gérard dans la piaule. Il le vit installé au centre de la pièce, torse nu, manipulant en force un bull-worker.

— Qu'est-ce que c'est ? Qu'est-ce que tu fabriques ?

— Tu vois, patate ! J'me fais des muscles. Paraît qu'il faut être fort dans cette société. J'me prépare. Qui sait de quoi demain sera fait ! Vu qu'on est de plus en plus nombreux à être dans la merde, il va falloir être costaud pour se partager les poubelles.

— Où t'as eu ça ?

— J'l'ai piqué aux Galeries.

— Bravo ! T'as réussi à sortir un truc pareil. Mais t'es dingue ! Si tu te fais gauler tu sais où ça te mènera ?

— T'occupe pas de ça, en taule on est nourri.

— Fais pas l'imbécile, Gérard.

— Ah ! Et pis tu m'emmerdes ! J'suis libre non ? On est pas mariés à deux ! Alors lâche-moi, j't'en prie !

Pour dire cela Gérard se trémoussa dans une sorte de danse somnambulique identique à celle des acteurs de cinéma ou encore à celle des esclaves sans souci.

Chapitre V

Amar ne savait que faire au milieu de cette pièce ridicule. Les bras ballants, la lippe pantelante, l'air stupéfait il observait Gérard. Celui-ci jouait d'une musculature fluette, maigrelette.

— Toute la misère du monde ! Y a plus qu'à crever ! lâcha Amar dans un souffle, en s'asseyant lourdement sur le lit.

Il n'eut guère envie de parler d'Adèle... Gérard abandonna son appareil et s'adossa au mur suintant. Son dos marqua la place d'une large auréole dégoulinante. L'air glaçant des dernières semaines cédait devant une humidité poisseuse.

— Qu'est-ce que t'as à faire la gueule ? C'est plutôt moi qui devrais m'en faire. Toi aux beaux jours je sais que tu foutras le camp. Retrouver ta copine. Et moi dans tout ça ? Hein ? L'éternel connard ! Alors lâche-moi, tu veux bien ?

Gérard se cabra pour crachouiller ses paroles. Ses yeux luisaient d'une intraitable fièvre et sa chevelure de suie balayait son front têtu à chacun de ses soubresauts. La chambre tout entière se dressait sur son séant et semblait applaudir à ses éructations. Il allait et venait bon train dans cet espace raccourci. On aurait dit qu'il parcourait la terre en tous sens. Il surgit de ce labour un cri de haine. Il enfanta naturellement un discours de violence et ses entrailles convulsées accouchèrent de la révolte des martyrisés. Ainsi libéré de sa souffrance, des injustices, son trop plein d'angoisse aboutit à une horrible plainte : il hurla à la mort tel un loup face à ses tueurs.

Amar mit un visage sur la liberté. Il lui donna corps. Elle eut son opacité. Elle se trouvait là ; devant lui, dans cette piaule d'hôtel minable. Elle prit une ampleur raisonnable et les vociférations hystériques de Gérard martelaient de réalité l'agitation libératoire. Amar savait maintenant que ce qu'il vivait en tant que fils d'immigré, Gérard l'éprouvait dans son quotidien de défavorisé dans une société de nantis. Il palpait la douleur de cet être flétri. Il la voyait palpiter comme un cœur arraché. Sa chair et son corps conservaient au fil des générations flouées les stigmates de leurs turpitudes.

Gérard s'affaissa au pied du lit et se tut quelques instants. La tête cassée sur son épaule, il revenait à la vie, peu à peu.

— T'as pas tout vu ! reprit-il. Tiens regarde ! J'ai aussi piqué ça.

Il tira de dessous le lit une bouteille de whisky et un pistolet.

— Qu'est-ce que c'est ? C't'un vrai ?

— Tu parles que c'est un vrai ! Avec ça tu flingues n'importe quel connard.

— Mais... Qu'est-ce que tu veux foutre avec un flingue ?

— J'sais pas ! Ça peut toujours servir. Au fait j't'ai pas dit. Il paraît que la mairie va distribuer des bons d'alimentation pour les nécessiteux. Ils veulent qu'on ait de quoi becqueter à Noël.

— Tu parles d'une connerie !

— Gueule pas, ça nous fera de quoi bouffer un peu mieux et à l'œil.

— Pour parler de cela j'ai trouvé un job pour la fin de la semaine. J'vais faire le père Noël aux Nouvelles Galeries. Il suffit de rester assis dans un fauteuil sur une estrade. J'serai déguisé. Les mômes viennent à côté de moi et il y aura un gus qui prendra des photos.

— Combien ça paye ?

— J'sais pas encore. Ça dépendra du nombre de clichés.

— Ouais ! On va s'en foutre plein la gueule !

— Pas question. Tu viens pas, tu serais capable de nous faire virer avec tes conneries. Toi dans une grande surface c'est une vraie calamité. Il nous faut un peu de fric.

— Le père Noël. Quelle connerie, tout de même ! J'sais même pas c'que ça veut dire. Et toi non plus j'suis sûr.

— Comment ça ? C'est une histoire catholique pourtant !

— Et alors ?

— Ben oui ! Et alors ? Tes parents ils le fêtaient pas ?

— Mes parents ! Ah ! Ah ! J'les ai pas connus, mes parents. J'suis de l'Assistance publique mon gars ! A Noël on avait un repas amélioré et c'était tout. On nous a expliqué que Noël c'était réservé aux enfants sages. Ou bien que c'était une connerie pour abrutir le peuple. Moi j'avais vraiment envie d'être abruti à cette sauce-là, j't'assure.

— Moi non plus. Mais c'est pas pour les mêmes raisons que toi. Mais chez nous on faisait la fête. C'est-à-dire que mes parents préparaient un couscous royal. Mon père disait qu'on avait le même dieu et qu'Aïssa était l'un de ses fils. Alors, à partir de là il y avait plus de problème. On respectait la coutume et on fêtait ça à notre manière.

Ils se turent et se passèrent la bouteille de whisky. Le liquide ambré les réchauffa en suivant les méandres de leur tuyauterie avant d'allumer des foyers incandescents au fond de leurs orbites. Ils hoquetèrent de brûlantes exhalaisons qui gonflèrent des montgolfières de rêves. La chambre s'ouvrit à des espaces lumineux où des jaunes et des bleus vinrent faire la courte échelle à leurs cervelles piégées, engluées en des circuits fermés où les jetait une société sans amour ou si peu. Leurs yeux grands ouverts brillaient comme des quinquets de guinguettes et très vite les lumignons de la fête clignotèrent de mille appels.

La bouteille roula sur le sol. Leurs corps meurtris se désarticulèrent, dans leur vie de marionnettes. Les voilà se dressant, s'accrochant, s'agrippant l'un à l'autre dans des hics et des hocs, ruisselant des larmes de leurs rires joyeux.

— Allons à La Sirène. Le cabaret de la dernière chance !

Ils descendirent les escaliers. Enfin ! Ils glissèrent le long, sautillant aux paliers ainsi que le font les balles de mousse au stand de tir des baraques foraines. Ils parcoururent dans un songe éthylique les rues vieilles de la vieille ville, qui, en pente douce, les menèrent sur le rivage.

Une intense activité régnait dans le bistrot. Tout ce que la ville comptait de sans-abris venait se chauffer autour du poêle à charbon sur lequel grésillaient des saucisses. Les lourds pardessus fumaient et dégageaient de fétides odeurs de moisi. L'ambiance ne fit que décupler la joie qui étreignait la poitrine d'Amar. Il eut envie de saisir le patron afin de l'embrasser pour le remercier de son exemplaire générosité.

— Patron ! Patron ! cria Amar.

— Patron ! Où est-ce qu'il est Sébastien ?

— Comment, tu sais pas ?

— J'sais pas quoi ?

— Ben quoi ? Sébastien il est à l'hosto. Il s'est cassé la gueule dans la flotte avec une batterie. Il voulait installer l'électricité dans sa péniche. Heureusement qu'il y a eu des mariniers pour le repêcher ; sinon il crevait sous la glace. Tu parles d'un bouillon à c'te température. Il a choppé une congestion des poumons. Il peut en crever le con il paraît !

Chapitre VI

Amar était à l'heure. Il attendait patiemment l'ouverture du grand magasin en tapant la semelle dans de la gadoue couleur de cassonade. L'architecture urbaine s'avilissait de flétrissures détrempées. La majesté floconneuse de l'hiver impérial s'estompait en dégoulinant des toitures dégivrées. D'abondantes cataractes surgissaient des gouttières pour se répandre en trombes puissantes sur les murs crayeux. Les imposantes demeures s'affaissaient en suif échauffé. Des pans entiers de toitures neigeuses accomplissaient leur retraite en des poufs délavés résistant à peine à l'appel ordonné des canalisations. Tout se transformait en eau. Les souterrains grondaient et les plaques d'égouts gloutonnaient. Il ne fallut guère de temps pour que les godillots d'Amar ressemblassent à de la serpillière.

Enfin on ouvrit ! Amar se fraya un chemin parmi une montagne de cartons amoncelés dans l'entrée. Il marqua son pas d'un caractéristique gazouillis qui fit sourire le directeur avec courtoisie.

— Bonjour monsieur. Bien ! Je vais vous expliquer ce que l'on attend de vous. Avant de faire les photos on a pensé à une promotion à l'américaine. C'est-à-dire que l'on aimerait assez que vous déambuliez une heure durant dans les rues les plus fréquentées de notre charmante ville ; une pancarte sur le dos, habillé en père Noël. Evidemment vous serez rétribué en conséquence ! De plus on vous fera un colis réveillon pour vous et les vôtres. Qu'en pensez-vous ?

— Homme-sandwich alors !

— Une heure seulement ! Vous aurez tout l'après-midi pour vous réchauffer dans le magasin.

— Après tout qu'est-ce une heure dans la vie d'un homme ?

— Très bien raisonné ! Allons vous habiller maintenant.

Amar entreprit son périple par la Grand-Rue direction la gare. Les bottes fourrées lui tenaient chaud aux pieds et la capuche protégeait son crâne des égouttures des chéneaux. Les gens, peu habitués à cette forme de publicité, détournaient leur regard de ce spectacle pitoyable. Ils laissaient passer Amar, puis s'arrêtant, l'observaient de dos en persiflant d'amères critiques.

Ces faces d'ahuris, les commentaires douteux installaient en Amar un pénible malaise. Il s'en voulait d'être celui qui infligeait cela. Etait-ce honteux de s'afficher ainsi ? Homme-sandwich ! Et quoi ? Il fallait donc cacher sa misère ?

Il boucla par la rue du Tripot. Boyau répugnant dans lequel le jour n'était jamais parvenu à poindre. Il ôta son harnachement et s'en retourna la pancarte sous le bras.

On installa Amar sur un fauteuil drapé de pourpre, une hotte regorgeant de cadeaux factices, à ses côtés. Près de lui un automate ; un âne qui clignait d'un œil lorsque l'on appuyait sur son oreille gauche et qui distribuait braiements et chocolats, la gueule ouverte comme un four, quand on lui actionnait la droite. Une crèche animée ajoutait la note musicale de ce « Gloria in excelsis deo » chanté par des Noirs. La scène idyllique pour promoteurs faisandés ! L'affluence ne tarda pas. Des familles entières accoururent pour se faire tirer le portrait en présence du « travesti ». On disputait son tour et les enfants abasourdis, les yeux comme des soucoupes, osaient à peine croire que cela était.

Peu importait ! Le flash flashait et l'appareil cliquetait. L'employé suractivé distribuait ses tickets et ses ristournes tandis qu'Amar arrosait l'assistance de bonbons aux véritables colorants. Amar forçait un peu son sourire sous sa barbe blanche mais la chaleur des petits corps s'asseyant sur ses genoux l'émouvait. Il se voulait être l'enchanteur d'un après-midi ! Ce magnétisme passait bien et la foule se pressait davantage.

Les heures semblaient devoir l'accompagner dans la ouate, jusqu'au soir, sans problèmes, quand tout à coup, de véhémentes vociférations firent couiner la petite musique de Noël. Un impressionnant bêlement et la meute mouvante tressaillit. Un tumulte obligea les regards à se porter vers les portes du magasin. Un pressentiment agita Amar et le vida de son allégresse. Il se hissa sur le fauteuil sur la pointe des pieds. Ce qu'il vit l'invita à faire le voyage ! Gérard, agrippé par le col, se débattait au cœur d'une cohue véhémente à son encontre.

Amar se dégagea de l'estrade, forçant un chemin jusqu'à son ami.

— Qu'est-ce qui se passe ? Qu'est-ce t'as encore foutu ?

— Ben rien ! J'sais pas ce qu'ils me veulent. Ils sont dingues !

— Ce que l'on veut ? Tu te moquerais pas de nous par hasard ? Vide tes poches et tu verras ce que l'on veut. Voleur !

— Vous n'avez pas le droit de me retenir. Il n'y a que la police qui peut le faire.

Le directeur, présent, demanda à Amar s'il connaissait cet individu.

— Bien sûr ! C'est mon ami. J'comprends pas !

— C'est simple pourtant. Votre ami est un voleur.

Gérard qui continuait à se tortiller s'arracha de la prise en laissant entre les mains de l'employé qui le maintenait son manteau. Il s'enfuit !

— Il se sauve ! Rattrapez-le ! Au voleur ! Au voleur ! hurla le directeur.

Le faciès de ce jeune cadre dynamique se transforma en une vilaine grimace devant l'entourloupette de Gérard. Pourtant Amar n'avait pas envie de rire. Avec ce genre d'individu il ne pouvait savoir comment cela se terminerait. Aussi se mit-il à la poursuite de Gérard pour le supplier de revenir s'expliquer.

— Gérard arrête ! Reviens, on va s'arranger, criait Amar dans la voie piétonnière par laquelle Gérard s'enfuyait. Ce faisant et dans l'agitation Amar en perdit sa capuche et sa barbe. Les deux vigiles, embauchés par l'association des commerçants de cette allée, virent débouler sur leurs pieds un père Noël échevelé qui courait, tandis qu'agglutinée derrière lui, une meute de braillards s'essouflait en des : « Au voleur ! Arrêtez-le ! Au secours ! »

L'un des deux, plus prompt que son confrère, dégaina son arme tout aussitôt...

— Nom de Dieu ! T'as vu ? Un crouille déguisé en père Noël ! Je m'le fais c't'enfant d'putain !

Le bang sonore résonna aux oreilles d'Amar comme une sirène de détresse. Le coup le projeta face contre terre. Son sang en s'échappant à gros bouillon par son dos perforé emplit ses poches béantes. Une longue traînée sanguinolente s'en fut par son bas de pantalon. Sa vie, entraînée par l'eau, alla se perdre dans la rigole où le sang d'autres bestiaux s'égouttait.

— Vous avez vu ! L'salaud était armé. J'suis en légitime défense.

Le vigile, le coup passé, à genoux près d'Amar, retenait mal sa joie et sa frayeur. Il ne savait pas encore s'il devait laisser éclater totalement sa fierté ou s'il fallait jouer la crédulité. Il cherchait dans le regard des badauds un soutien, un signe, quelque chose qu'il aurait pu prendre pour de la complaisance. Rien ! Les gens regardaient cela sans frémir. Un événement aura marqué leurs achats ! Cela se passait ailleurs, si loin d'eux.

Le vigile qui se tenait debout retourna Amar du bout de son pied.

— Quelle gueule il a ?

— Ça fera toujours un bicot de moins. Et qu'on m'emmerde pas ! Je fous ma corporation dans le coup.

Gérard au coup de tonnerre revint sur ses pas. Lorsqu'il vit le visage d'Amar, sa vie à lui aussi s'arrêta pour de bon. Le temps se figea dans cette horloge molle qu'est la folie des hommes.

Gérard sortit son pistolet et l'appliqua promptement sur la nuque de l'accroupi. La détonation, plus sèche, n'étonna personne. Gérard disparut dans le désordre de la voie piétonnière, fardée de ses gonfalons pitoyables, en guerre contre les miséreux.

Chapitre VII

La ville tétanisée sombra dans une espèce de langueur morbide. Elle avait eu sa victime. Celle-ci faisait amplement l'affaire. Au service de tous les intérêts contradictoires. Elle devenait un cadavre exquis !

Mais il montait des bas quartiers une rumeur insolente. L'odeur de pourriture qui, peu à peu, les envahissait, incommodait sérieusement. L'effronterie agitait la misère. Les mensonges ne calmaient plus l'impatience des démunis. La blessure des déchirures anciennes se rouvrait plus vite que la tromperie des races. Chacun savait que le soleil se lèverait sur la souillure de ce vieux monde. Aux mains tendues se substituaient les poings fermés.

Gérard se terrait dans sa chambre. Nul ne songeait à lui car dans l'une des mains d'Amar on avait placé l'arme à feu qui devait blanchir les consciences.

TABLE DES MATIÈRES

PREMIERE PARTIE

DEUXIEME PARTIE

Collection Encres noires
Sous la direction de Gérard da Silva

Guide de littérature africaine,
Patrick Mérand - Séwanou Dabla.

1. Crépuscule et défi, *Cyriaque R. Yavoucko.*
2. Les saisons sèches, *Denis Oussou-Essui*
3. Renaître à Dendé, *Roger Dorsinville*
4. Sarraounia, *Abdoulaye Mamani*
5. Mourir pour Haïti, *Roger Dorsinville*
6. Concert pour un vieux masque, *Francis Bebey*
7. L'étonnante enfance d'Inotan, *Anthony O-Biakolo*
8 et 9. Le dernier de l'empire (2 tomes), *Sembène Ousmane*
10. Les exilés de la forêt vierge, *J.-P. Makouta-Mboukou.*
11. La mort de Guykafi, *Vincent de Paul Nyonda*
12. Soleil sans lendemains, *Tchicaya Unti B'Kune*
13. Le temps des Tamango, *Boubacar Boris Diop*
14. Orphée d'Afrique, *Werewere Liking et Manuna Ma Njock*
15. Le Président, *Maxime N'Debeka*
16. Toiles d'araignées, *Ibrahima Ly*
17. Remember Ruben, *Mongo Beti*
18. Les ruchers de la capitale, *Ismaïlia Samba Traoré*
19. Les Sofas, *B. Zadizaourou*
20. Du sang pour un trône, *Cheick Aliou N'dao*
21. Elle sera de Jaspe et de Corail, *Werewere Liking*
22. Le dernier des cargonautes, *Sylvain Bemba*
23. Vive le Président, *Daniel Ewandé*

24. Quand les Afriques s'affrontent, *Tandundu E.A. Bisikisi*

25. Le pacte de sang, *Ngandu Nkashama*

26. Les eaux qui débordent, *Bassek B.K.*

27. La retraite anticipée du Guide Suprême, *Doumbi-Fakoly*

28. Au verso du silence, *Ernest Pépin*

29. L'or du diable, *suivi de* Le cercle au féminin, *Moussa Konaté*

30. Biboubouah. Chroniques équatoriales *suivi de* Bourrasque sur Mitzic, *Ferdinand Allogho-Oké*

31. Leur figure là... Nouvelles, *Towahy*

32. La République des Imberbes *Mohamed A. Toihiri*

33. La re-production, *Thomas Mpoyi-Buatu*

COLLECTION LITTERAIRE

Ch. BONN, *Le roman algérien de langue française.* Vers un espace de communication littéraire décolonisé ?

R. GODARD, *Trois poètes congolais.*

M.-J. HOURANTIER, *Du rituel au théâtre rituel.* Contribution à une esthétique théâtrale négro-africaine.

B. KOTCHY, *La critique sociale dans l'œuvre théâtrale de Bernard Dadié.*

S. LALLEMAND, *L'apprentissage de la sexualité dans les contes d'Afrique de l'Ouest.*

P. N'DA, *Le conte africain et l'éducation.*

G. DA SILVA, *Le texte et le lecteur comme interaction objective.*

Anthologie de la poésie tunisienne de langue française. Introduction et notes par H. Khadhar.